귤나무 울타리

울타리글벗문학회

도서출판 한글

실용적
포켓스마트 북 ⑰

굴나무 울타리

2026년 3월 20일 1판 1쇄 인쇄
2026년 3월 25일 1판 1쇄 발행
편   자 울타리글벗문학회

기획자문 최강일

편집고문 김소엽 이진호 김무정 최향섭 이용덕

편집위원 김홍성 이병희 최용학 심광일 김어영

발 행 인 심혁창
주   간 현의섭
교   열 송재덕
디 자 인 박성덕
인   쇄 김영배
관   리 정연웅
마 케 팅 정기영
펴 낸 곳 도서출판 한글
우편 07384
서울특별시 영등포구 신길로 41라길 13-9
☎ 02-363-0301 / FAX 362-8635
E-mail : simsazang@daum.net
창   업 1980. 2. 20.
이전신고 제2018-000182
* 파본은 교환해 드립니다.
* 정가 7,000원
* 국민은행(019-25-0007-151 도서출판한글 심혁창)
ISBN 978-89-7073-656-3(12810)---확인함

머리말

스마트 북 울타리

이 포켓 스마트 북 『울타리』는 정기 간행물이 아닌 휴대 간편한 포켓북입니다. '스마트 폰' 때문에 종이책을 멀리하는 분들에게 독서를 권장하는 메신저의 사명을 띠고 발행합니다.

대한민국 국민 모두를 울타리 안으로!

이 울타리가 친구간의 우정을 다지는 다리가 될 줄은 몰랐습니다.

최근에는 울타리 독자 가운데 이 책이 나올 때마다 구입하여 고향이나 동창 친구한테 보내주며 우정을 다지는 독자들이 날로 늘어나고 있습니다.

친구 간에 흔히 카톡 문자로 인사를 나누지만 형식적이 되고 마는 경우가 있습니다. 우편으로 보내주는 우정의 사절 '스마트 북 울타리'는 만나서 차나, 술대접하는 이상의 진지한 인간관계 유대에 도움이 되고 받아보는 친구가 기뻐하고 고마워하게 합니다.

친구 간에 편지를 주고받듯 마음을 나누는 우정의 다리가 되어주는 책이 바로 이 '스마트 북 울타리'입니다.

다 읽은 후 절친한 분한테 드리면 사랑이 됩니다.

이 책은 연간 4회 발행합니다. 정기 후원회원을 원하시는 분들이 있어서 연 3만원을 후원하시면 4회 발송해 드리기로 했습니다.
(신청 경우 성명 주소 전화를 판권을 보시고 이메일로 통고)

한국출판문화수호 지킴이

발행인 심혁창

‖ 차 례 ‖

샘터 발행 중단을 보는 울타리의 눈

샘터와 울타리 동병상련

울타리를 발행하는 목적은 독서권장인데 한국의 대표 잡지 「샘터」가 휴간된다는 2026년 1월 3일 조선일보 기사는 울타리한테 충격적이었다.

울타리는 3개월마다 발행하는 산골 등잔불 같은 포켓용 단행본이지만 「샘터」는 규모나 역사적으로 부럽기도 하고 한국의 자랑이기도 했는데 발행 중단한다니 안타깝다. 이번 호에는 조선일보 기사를 발췌 소개하며 「샘터」의 기사회생을 기도한다.

조선일보 기사 중

「샘터」는 국내 최장수 월간 교양지로 1970년 4월호부터 2026년 1월호까지 670개월간 한 번도 쉬지 않고 발행됐다. 창간 당시 내건 캐치프레이즈는 '평범한 사람들의 행복을 위한 교양지'였다.

이후 '아름다운 사람, 아름다운 세상', '마음으로 여는 따뜻한 세상', '내가 만드는 행복, 함께 나누는 기쁨' 등으로 지향을 다듬어 왔다. '동심의 세계는 모든 어른의 마음의 고향입니다' '샘터 가족은 하루 한 쪽 이상의 책을 읽습니다' 등도 상징적인 문구다.

샘터는 1970년대 후반 발행부수 50만 부를 넘기며 '국민잡지'로 불렸다. 기록도 여럿 남겼다.

「샘터」 한 권을 만드는데 200자 원고지 기준 평균 900매 이상의 원고가 필요한 것을 감안하면 지금까지 샘터를 만들기 위해 투입된 원고지는 60만 장을 웃돈다.

지금까지 샘터 지면에 참여한 필자는 연인원 4만 명이 넘는다.

발행인 김성구 씨는 "샘터의 유산은, 평범한 삶과 소소한 일상이 얼마나 귀한지 보여준 것?"이라고 말했다.

김성구「샘터」 발행인이 자신의 사무실에서 한동안 최신호로 남을 월간 샘터의 2006년 1월호를 들어 보이고 있다. '첫 마음'을 주제로 한 이번 호에 고명재 시인이 기고한 글엔 이런 대목이 있다. "우리는 의지만 있다면 언제든 처음을 만들고 처음 속으로 들어갈 수 있다.(중략) 사랑한다는 건 처음을 발굴하는 일. 모든 일이 끝났다 해도 다시 새잡이하는 일. 새해에는 단단히 마음을 먹는다" 김 발행인 뒤로 샘터 창간인인 김재순 전 국회의장의 사진이 보인다.

국내 최장수 교양지
90년대부터 적자 누적 7년 전 고비 넘겼지만 1월호 기점으로 휴간

50만부 찍던 국민잡지
매달 수백 통 독자투고 편지 공모엔 1만 통 몰려, 글 게재는 '가문의 영광'이기도했다.

글쟁이들과 예술인의 무대
피천득, 법정, 이해인, 최인호, 정채봉, 장영희, 김승옥, 이태호, 윤후명, 강은교, 정호승 등과 장욱진, 천경자, 이종상 등 화가의 협조도 있었다.

발행인의 회상
"샘터 잡지는 제가 1995년에 입사했을 때부터 적자였어요. 30년 동안 얼추 누적 적자가 100억 원 정도 됩니다. 어마어마한 적자를 단행본으로 메웠는

데, 이제는 그마저 한계에 도달했습니다. 단행본도 예전 같지 않으니까요. 집(사옥?)은 예전에 처분했고, 마이너스통장까지 탈탈 털었는데……. 더는 할 수 있는 게 없는 상황입니다."

발행인과 기자의 문답

정기구독 회원이 몇 명이었나요?

"그건 영업기밀이라……. 1월호를 1만 부 찍었습니다. 여기엔 국방부에 납품하는 책도 있고, 서점 깔리는 것도 있고."

잘 나갈 땐 50만 부까지 발행

1970년대에는 그랬습니다. 이후 30만 부, 10만 부, 5만 부로 줄어들었지요. 대기업·관공서에 납품하던 것도 하나, 둘 끊어졌고요. 종이 잡지의 역할이 사라졌다는 인식이 커졌기 때문이겠지요. 예컨대 국방부 같은 경우, 요즘은 병사들이 저녁 시간에 휴대전화를 자유롭게 보잖아요. 책을 보는 병사가 거의 없는 거예요. 보험회사들도 한때 영업용으로 샘터를 많이 활용했는데, 그런 수요도 없어졌죠."

휴간 발표

샘터의 휴간 발표는 이번이 처음이 아니다. 2019년 10월, 창간 50주년을 앞두고도 휴간을 발표했었다. 지금과 같은 이유에서였다. 당시 휴간 소식이 알려지자 각계에서 온정이 답지했다. 많은 독자가 성금을 보내왔고, 정기 구독자도 늘었다. 우리은행 등 기업의 후원에 이해인 수녀는 신간 인세를 기부했다.

극적으로 살아났지만 그때와 지금은 달라

"이번에도 많은 곳에서 연락이 왔습니다. 받은 전화만 100통은 넘을 거예요. 다들 힘을 보태면, 다시 살아날 수 있지 않겠느냐고 하세요. 회복하는 듯하지만 결국 더 힘들어지는 것을 되풀이하고 싶지 않아서 거절했습니다."

적자를 면하려고 외부 컨설팅을 받고 표지 디자인을 바꾸는 등 온갖 방법을 동원했지만 실패했다. 광고주에게 애걸복걸하는 것도 다반사였다. 그는 "나중에 후회하지 않도록 할 수 있는 건 다 해봤다"고 했다.

샘터 가격이 4800원인데 값을 올릴 생각은?

"창간호 가격이 100원이었습니다. 아버지(김재순 샘터사 설립자)가 '담뱃값, 짜장면 값보다는 싸야 한다'고 해서 그렇게 했어요. 그 기준으로 지금까지 온 겁니다. 가격을 올린다고 될 문제도 아니고"

휴간 소식이 전해지자, 한 출판업자로부터 잡지를

안수하겠다는 제안도 왔다. 만나서 "어떤 각오가 있는지?" 들어봤는데, 그분은 쉽게 생각하신 것 같아요.

국내 최장수 교양지

90년대부터 적자 누적 7년 전 고비 넘겼지만 1월호 기점으로 휴간/ 50만 부 찍던 국민잡지/ 매달 수백 통 독자투고 편지 공모엔 1만 통 몰려 글 게재는 '가문의 영광'

김성구 '샘터' 발행인이 선친인 김재순 전 국회의장님의 샘터 발행목적을 창간호에 이렇게 썼다고 설명했다. "평범한 사람들끼리 모여서 가벼운 마음으로 의견을 나누면서 행복에의 길을 찾아보자는 것이 샘터를 내는 뜻입니다. (중략) 샘터는 거짓 없이 인생을 걸어가려는 모든 사람에게 정다운 마음의 벗이 될 것을 다짐합니다."

샘터의 편집 구성과 특성 .

샘터는 3-3-3원칙으로 편집했다고 한다. ① 지면의 30%는 글로 밥을 먹고 사는 글쟁이들이, ② 30%는 글 솜씨가 있는 일반인 들이, ③ 30%는 글과는 거리가 있지만 인상 깊은 경험을 가진 이들의 사연을 기자가 대신 써준 것으로 채웠다고 한다. 소재는 어디서 베낀 글 이 아니라, 새로운 샘물 같은 글들이어야 했고 일반 독자들이 삶의 경험을 진솔하게 써준 '행복 일기'에 있었다고 했다. 그 중에 '가장 기억에 남는 글'은

　- 일흔이 넘어 글을 배운 할머니가 배우지 못했던 자신의 삶을 구구절절 써서 보냈는데 '산이 높으면, 골도 깊다'고 몽당연필로, 맞춤법도 틀린 채 원고지에 눌러 쓴 글- 이었다고 샘터 발행인은 회고했다.

울타리 발행목적과 편집구성

울타리를 발행한 목적은 가는 출판계를 방관만할 것인가. 누구라도 출판문화 무너져 수호를 위해 나서야 한다. 기울어진 배를 타고 익사하기만 기다리는 승객 같은 현실을 극복해 보자는 몸부림이 바로 울타리를 발행한 목적이다.

발행인은 지극히 미약한 존재다. '재력도 지식도 재능도 없으면서 무모한 짓을 한다'고 비웃을 것이다.

그래도 주먹 안에 들어가는 소책자에 ① 책과 독서인 ② 역사와 인물 ③ 감동 주는 글 ④ 문학(시, 수필, 스마트소설, 소설, 명작 읽기) ⑤ 생활정보 ⑥ 언어지식 ⑦ 예술과 재능으로 편집 연간 4회 발행하고 있다.

술독에 빠진 가난한 용접공을 대학교수로 만들어 준 책

독서를 통해 인생 역전을 한 인물 취재 기사
(전만규 기자)

3331 독서법

첫 번째 3은 이 책의 문장 가운데 기억해서
꼭 써먹고 싶은 세 문장 선택
두 번째 3은 이 책을 읽고 느낀 점 세 가지 기록.
세 번째 3은 내 삶이나 업무에 적용 실천할 사항
마지막 1은 읽은 책을 하나의 문장으로 요약하기

유영만 한양대 교육공학과 교수에게 "인생을 바꾸려면 무엇을 해야 하냐"라고 묻자 이렇게 답했다.

"경계를 넘어야 해요. 그래야 새로운 질문이 생깁니다."

그에게 이런 질문을 한 데엔 이유가 있다. 그는 용접공 출신 교수다. 그가 30년 넘게 연구해 온 분야는 교육·학습법. 스스로 배우고 공부한 것들을 담아 90여 권의 책을 내기도 했다.

유영만 한양대 교수는 용접공 출신의 대학 교수다. 그는 '경계를 넘어야 새로운 질문이 생겨난다'며 '인생을 바꾸는 시작점엔 낯선 질문이 있다'고 했다.

유 교수는 "낯선 질문이 생겨야 가던 길을 멈추고 생각한다"며 "질문의 답을 구하려고 공부하고 땀 흘리다 보면 인생이 달라져 있다"고 말했다. 경계를 넘고, 낯선 질문을 만나려면 "일단 밖으로 나가야 한다"고도 했다.

유 교수는 경계를 넘어서는 삶을 살아왔다. 충북 음성의 농사꾼 집에서 태어난 그는 초등학교 때 축구선수였다. 초등학교 졸업 후엔 중학교 진학을 미루고 1년간 농사를 지어야 했다. 그 정도로 가난했다. 공업고등학교를 나와서는 용접공이 됐다. 평생 땜질하며 살아야 할 것 같던 그의 삶은 책 한 권 덕에 급변했다. 뒤늦게 대학에 진학한 것이다. 그렇게 시작한 공부는 미국 유학으로 이어졌다. 그렇게 책을 파고든 삶은 90여 권의 책을 쓴 재료가 됐다. 그는 어떻게 경계를 넘어설 수 있었던 걸까? 인생을 바꿀 수 있는 저력은 어디에서 나온 걸까? 지난 19일 유 교수를 만났다.

"책이 운명을 바꾼다"

유영만 교수의 연구실은 책장으로 둘러싸여 있다. 이중 슬라이딩 칸막이 책장엔 책들이 가로·세로로 빼곡

하게 꽂혀 있다. 그것도 모자라 책장 위에, 바닥에 쌓여 있는 책이 수십 권이다. 교육 관련 전공 서적부터 철학, 고전, 시집, 베스트셀러 신작까지 분야도 가리지 않는다. 유 교수는 "책이 운명을 바꾼다고 믿는다"고 했다. 방황하던 청년 용접공이 다른 삶을 꿈꿀 수 있던 것도 우연히 집어든 한 권의 책 덕분이었다.

우연히 집어든 책 한 권은 방황하던 용접공에게 대학 진학의 꿈을 품게 했다. 유영만 교수는 "책이 운명을 바꾼다는 말을 믿는다"고 했다.

전민규 기자 : 무슨 책이었기에, 인생을 바꿨나요?

『다시 태어난다 해도 이 길을』이라는 책입니다. 사법고시 합격 수기 모음집이죠. 서점에 갔다가 우연히 봤어요. 수기집이란 게 눈물 젖은 이야기잖아요. 고생도 아름답게 미화돼 있죠. 합격생 중엔 저 같은 공고 출신도 있었어요. 당시 저는 평택발전소에서 4조 3교대 근무를 하고 있었습니다. 3일 주기로 밤낮이 바뀌었고, 쉬는 날엔 술과 함께 보냈죠. '이렇게 사는 게 맞나' 의문이 들던 때였어요. 그때 그 책을 보고 생각했어요. '밑바닥 인생도 고시에 합격하면 한방에 인생을 역전시킬 수 있겠구나' 하고요.

전민규 기자 : 고시 공부를 결심하게 만든 거군요?

결과적으로 그 책이 잘못된 꿈을 꾸게 만들긴 했습니다.(웃음) 그래도 그 책 덕에 공부해서 대학에 가야 겠단 마음을 품었으니까요. 직장 생활을 하면서 1년간 독학으로 공부했습니다. 목표는 법대였어요. 그런데 기초가 없다 보니 학력고사 점수가 안 나와서 교육공학과에 갔습니다. 신설학과라 미달이었거든요. 그런데 운명처럼 제가 지금 그 학과의 교수가 되었네요. 작가 파울로 코엘료가 이런 말을 했어요. '때로는 잘못 탄 기차가 올바른 방향으로 우리를 이끌고 간다'고요.

전민규 기자 : 언제부터 본격적으로 책을 읽고 공부하신 거죠?

고시 공부를 접고 나서부터요. 대학 와서 고시 공부를 했는데, 저와는 맞지 않는 길이란 걸 깨달았어요. 제대 후 복학해서 결단을 내렸어요. 달밤에 고시 공부 책을 다 불살랐죠. 지루한 고시 서적을 떠나보내고 나니 그제야 읽고 싶은 책들이 눈에 들어왔어요. 뒤늦게 독서의 재미에 빠져서 새벽 다섯 시까지 책을 읽었습니다. 그런 생활을 박사 때까지 거의 10년간 했습니다.

전민규 기자 : 책의 어떤 점에 그렇게 매료됐던 거죠?

빠져보지 않으면 모릅니다. 이전까지 제가 읽었던

책은 교과서나 고시 서적이었죠. 다양한 인문학, 사회과학, 철학, 문학 작품을 접하면서 몰랐던 사실을 알아가는 즐거움, 기쁨에 빠졌어요. 물론 재미만 있었던 건 아닙니다. 책 읽기가 절실하기도 했어요. 대학 시절 밥 한 끼 사먹을 돈, 학교 갈 버스 토큰도 없던 적이 많았거든요. 그렇게 힘든 상황에서 왜 대학을 다녀야 하는지, 공부를 해야 하는지 의심한 적도 많았어요. 삶에서 답이 없다고 느껴질 때, 힘들 때 책에 더 파고들었습니다. 그 답을 찾아보려고 또 책을 읽어댔습니다.

전민규 기자 : 답은 찾으셨나요?

인생을 바꿀 수 있는 힘이 책에 있다는 사실을 깨우쳤어요. 책을 읽는다는 건 내가 세상을 바라보는 창문을 하나씩 만드는 거예요. 책을 100권 읽은 사람은 100개의 창문으로 세상을 내다봅니다. 바꿔 말하면 한 권도 읽지 않는 사람은 캄캄한 방 안에 살고 있는 거죠. 책을 읽으면 내가 사는 세상이, 바깥세상을 바라보는 관점이 달라집니다. 지금과 다르게 살려면 나와 다른 세계를 경험하는 사람의 책을 읽어야 합니다. 창문 너머로 보이는 다른 사람들의 삶을 통해 자기 인생을 성찰하고, 반성할 수 있거든요.

유영만 교수는 '책을 읽으면 세상을 바라보는 창문

이 열린다'며 '지금과 다르게 살려면 나와 다른 경험을 하는 사람의 책을 읽어야 한다'고 말했다.

전민규 기자 : 교수님만의 책을 읽고 쓰는 노하우가 궁금합니다.

책을 읽다가 마음을 두드리는 부분이 있으면 밑줄 긋고 견출지를 붙여놓습니다. 마음에 새겨지는 문장들을 노트에 옮겨 적고요. 그리고 제 생각을 씁니다. 책의 핵심 메시지를 그림으로 쓱쓱 그려서 기억하기 쉽게 만들기도 하죠. 독서는 읽고 끝나는 게 아닙니다. 책 내용을 내 지식으로 재창조하는 과정이죠. 그러려면 써야 해요. 읽기의 완성은 쓰기입니다. 많은 분이 읽고 쓰는 걸 어려워해요. 그럴 필요 없어요. 쉽게 다가갈 수 있는 방법이 있습니다. 제가 만든 '3331 독서법'을 추천합니다. 책의 내용을 잘 기억할 수 있고, 글 쓰는 데도 유용하죠.

전민규 기자 : 그게 뭔가요?

첫 번째 3은 이 책의 문장 가운데 내가 기억해서 꼭 써먹고 싶은 세 문장을 적습니다. 두 번째 3은 이 책을 읽고 느낀 점 세 가지를 뜻해요. 마지막 3은 내 삶이나 업무에 적용해 실천할 사항 세 가지를 쓰는 겁니다. 마지막 1은 읽은 책을 하나의 문장으로 요약하는 거예요.

이렇게 적은 열 가지를 갖고 다른 사람과 토론해 보세요. 똑같은 책을 읽어도 사람마다 느낀 점이 다릅니다. 어떤 문장이 마음에 새겨지고, 왜 그렇게 생각하는지 서로 생각을 교환하다 보면 책을 한 번 더 읽는 효과가 생깁니다.

배움에는 '땀'이 필요하다

유영만 교수는 책을 통해 자신은 오이에서 피클이 됐다고 했다. 비가역적인 존재론적 변화가 일으켰다는 말이다. 하지만 책만으로는 부족하다는 걸 깨달았다. 박사를 끝내고 들어간 직장에선 이론과 현장 사이에 얼마나 큰 괴리가 있는지 피부로 느꼈다. 그의 직장은 삼성인력개발원이었다. 거기서 그는 삼성그룹 임직원을 위한 교육과정을 기획해 강의했다. 그런데 사람들이 그의 이야기에 좀처럼 집중하지 못했다. 유 교수는 "배우는 데 '땀'이 필요하다는 걸 깨달았다"고 했다.

전민규 기자 : 체험, 경험의 중요성을 강조하시는 건가요?

경험이 중요하다는 것도 땀이 가르쳐줬어요. 강의를 잘 못해서 등에 땀이 났거든요. 그 덕에 알게 됐죠 (웃음) 명색이 해외에서 박사까지 했는데, 사람들한테 전달을 못하는 겁니다. 제가 얘길 하면 표정이 안 좋았죠. '왜 내 얘기를 재미없어 할까' 고민했어요. 그때 알았어요. 제가 배운 지식이 얼마나 관념적이고 이상적인지요. 책상머리에서 나온 이론이나 개념만 말했던 겁니다. 체험이 빠져 있었어요. 내 몸으로 겪지 않고 남의 이야기로만 설명하려다 보니 지루했던 거죠.

요즘엔 챗 GPT가 몇 초만에 원하는 답을 줍니다. 굳이 땀 흘리지 않아도 되지 않을까요?

말씀대로 인공지능은 땀을 흘리지 않아요. 남이 만든 데이터베이스를 편집해 논리적인 답을 내놓죠. 하지만 감동까지 주진 못합니다. 다른 사람의 이야기를 끌어다 쓰는 사람의 특징이 뭔 줄 아세요? 설명을 하는 겁니다. 반면에 자기만의 이야기가 있는 사람들은 설득을 잘해요. 공감을 이끌어 내서 사람들의 마음을 얻죠. 챗 GPT에게 인간의 손가락이 왜 열 개인지 물어본 적이 있어요. 진화의 결과이고, 복잡한 도구를 사용해 문화 발전을 하게 만든 요인이라는 논리적인 설명을 찾아줬어요. 그런데 함민복 시인은 성선설이란 시에서 같은 질문에 대한 답을 이렇게 풀어내요.

전민규 기자 : 뭐라고 했죠?
'어머님 배 속에서 몇 달 은혜 입나 기억하려는 태아의 노력 때문'이라고 했어요. 임신 기간인 열 달간

엄마 배 속에서 태어난 인간이라면, 마음이 끌리는 해석이죠. 상상력을 자극합니다. 책상 앞에서 관념을 만들 수 있지만 경험을 얻을 순 없어요. 경험이 중요한 건 신념을 만들기 때문이에요. 몸을 던져 땀 흘린 경험이 몸에 남고, 그렇게 탄생한 자기만의 살아 있는 언어, 신념에 찬 목소리가 다른 사람의 심장을 두드립니다. 챗 GPT시대일수록 우리가 경험으로 체화된 지식, 실천적 지혜를 추구해야 하는 이유죠.

유 교수는 "챗GPT 시대에는 몸을 던져, 땀 흘려 얻은 실천적 지혜가 더욱 필요하다"고 말했다. 사진은 2012년 사하라 사막 월드 마라톤에 참가한 유영만 교수의 모습이다.(사진 유영만 교수)

전민규 기자 : 실천적 지혜를 얻으려면 어떤 경험을 해야 할까요?

일단 밖으로 나가야 합니다. 그리고 경계를 넘어야 해요. 낯선 경험을 해야 합니다. 그래야 보이지 않던 것이 눈에 들어오고, 낯선 질문이 생겨나요. 답을 찾으려다 보면 생각하지 못했던 것들을 깨우칠 수 있고, 상상하지 못한 걸 창조할 수 있습니다. 지성인일수록 야성을 갖춰야 한다고 생각합니다. 머리만 쓰지 말고 몸을 써야 한다는 얘깁니다. 야성 없는 지성은 지루합니다. 제가 사하라사막 월드 마라톤(2012년)에 도전하고, 킬리만자로를 등반(2015년)하는 여러 도전을 하는 것도 그래섭니다.

야성을 갖추려면 평소 체력을 열심히 키워야 할 것 같아요. 전 매일 새벽 다섯 시 반쯤 일어나 한 시간쯤 헬스장에 가서 운동해요. 그렇게 생활한 지가 30년 가까이 됐어요. 미국에서 박사할 때 일주일에 사나흘 저녁 때 식당 아르바이트를 해야 했어요. 영어로 수업 듣고 공부하기도 벅찬데, 새벽까지 공부하는 날이 많다 보니 체력이 바닥났어요. 결국 쓰러졌습니다. 그때부터 운동을 했어요. 살려고요. 오래 버틸 수 있는 힘이 절실했거든요. 뇌력도 체력에서 나온다고 생각해요.

전민규 기자 : 매일 운동하는 게 쉽지는 않습니다. 운동을 지속하는 비결이 있나요?

전 아침에 알람이 울리면 바로 일어납니다. 말 그대로 1초 안에 일어나야 해요. 그 순간이 지나면 운동하지 않을 가능성이 큽니다. 운동 안 해도 되는 이유들이 머릿속에 하나씩 생겨나기 시작하거든요. 생각을 끊고 일단 나가야 해요. 그러다 운동하는 맛을 알게 되면, 습관이 됩니다. 전 이제 운동을 하지 않으면 더 피곤해집니다. 운동이 내 몸과 삶에 일으키는 긍정적인 변화를 실제로 겪어보면 오히려 끊기가 어려워집니다.

전민규 기자 : "끊기 없는 끈기는 위기다"

2012년 유 교수가 사하라사막에서 마라톤을 할 때의 일이다. 중반쯤인 120Km 지점에서 한계가 왔다는 걸 알았다. 완주라는 목표에 집착했다간 목숨이 위험해질 수 있었다. 하프마라톤에 40번 가량 참여하며 몸을 다져온 그였다. 이번 대회를 위해 준비한 수많은 시간과 노력에도 불구하고, 그는 주저하지 않고 포기했다. 유 교수는 "'절대로 포기하지 말라'는 말이 실제 한계 상황에선 위험한 조언이 될 수 있다"고 말했다. "끊기 없는 끈기는 오히려 위기를 불러온다"는 게 그의 생각이다. 유영만 교수는 "끊기가 없는 끈기는 위기를 불러온다"고 말했다.

전민규 기자 : 끈기를 왜 강조하시는 건가요?

과거엔 중간에 그만두지 않고 끝까지 가는 사람을 성공의 표상으로 여겼어요. 끈기가 미덕이고, 포기는 악덕이었죠. 하지만 지금은 하나의 공식으로 성공하는 시대가 아닙니다. 미래는 전에 없이 불확실하죠. 버티는 끈기는 오히려 무모할 수 있습니다. 적확한 순간에 끊을 줄 알아야 해요. 그동안 쏟아 부은 매몰 비용, 손실을 보전해야겠단 생각으로 끌고 가다간 삶이 더 피

폐해질 뿐입니다.

전민규 기자 : 성공하려면 끈기가 필요하지 않나요?

끈기가 중요하지 않다는 말이 아닙니다. 끊어버려야 할 것과 끈기를 발휘해야 할 것을 선택해야 하고, 선택한 것에 집중해야 한다는 말이죠. 끊기는 능동적이고 적극적인 전략입니다. 끊어내서 내가 에너지를 집중할 수 있는 대상에 잘 쓸 때 더 성공하고 행복해질 수 있어요.

전민규 기자 : 교수님은 삶에서 어떤 걸 끊으셨나요?

가장 크게 끊은 건 고시 공부예요. 담배와 드럼도 끊었죠. 운동을 하는데 자꾸 호흡이 달리더라고요. 어느 겨울에 창문을 열어놓고 덜덜 떨면서 담배를 피우다가 '뭐하는 짓인가' 하는 생각이 불현듯 들었어요. 매일 새벽에 일어나 운동하면서 담배를 피우는 게 우습잖아요. 한 칼에 끊었습니다. 드럼은 3년 정도 연주했어요. 드럼 치는 모습이 너무 멋있어 보여서 시작했죠. 강연 전에 먼저 드럼 공연을 하기도 했어요. 그런데 드럼 공연을 앞두면 늘 다리가 떨렸어요. 사실은 제가 박치, 음치였던 겁니다. 그래서 공연을 앞두고 그렇게 다리가 떨린 거였어요. 강연을 할 때는 심장이 떨리는 데 말이죠.

전민규 기자 : 다리가 떨리면 끊고, 심장이 떨리면 계속해야 하는 거군요?

다리가 떨린다는 건 불안하고 초조하단 겁니다. 심장이 떨린다는 건 설레고 행복하다는 거고요. 내가 잘하고 좋아하는 일이라면 심장이 떨릴 거예요. 좋아는 하지만 잘할 수 없다면 다리가 떨리고요. 다리가 떨리는 일은 빨리 포기해야 새로운 가능성이 열립니다. 심장 떨리는 일에 집중하세요. 보다 확실하게 끈기와 끊기 대상을 구분하는 팁이 있어요. 결정의 기준이 있으면 됩니다. 전 그걸 '핵심 가치'라고 부릅니다.

유 교수는 "인생을 이끌어가는 핵심 가치를 정하고, 끊기와 끈기를 선택과 집중하라"고 말했다. 사진은 2021년 유영만 교수가 자전거로 국토를 종주할 때의 모습.(사진 유영만 교수)

전민규 기자 : 핵심 가치요?

새로운 일을 시작할 때 이 일이 나에게 주는 의미가 무엇인지, 이 일은 계속할 만한 가치가 있는 것인지 결정하는 기준이에요. 저에겐 그런 핵심 가치가 5개 있습니다. 바로 열정, 혁신, 신뢰, 도전, 행복입니다. 모두 제 심장을 두드리는 단어들을 꼽은 겁니다. 인생에서 방향을 잃었을 때 길을 안내해 주는 나침반 역할을 하죠. 끊고 싶어도 못 끊는 일이나 관계도 적지 않습니다. 하고 싶은 일만 하고 살 수도 없고요.

독이 되는 인간관계는 가족일지라도 끊어야 합니다. 단번에 끊기 어렵다면 거리를 두세요. 그렇게 멀어지면 어느 순간 끊깁니다. 하기 싫은 일도 하고 살아야 하는 것도 맞습니다. 조직생활을 하다 보면 더 그렇죠. 그렇다면 기왕에 해야 하는 일 재미있고 즐겁게 해보는 겁니다. 그러면 자기도 모르는 사이에 도움이 되고 의미가 생기는 경우도 많아요. 상사 대신 축사를 써야 하는 업무가 주어졌다고 해보죠. 당연히 하기 싫죠. 그래도 기꺼운 마음으로 하다 보면 누군가를 감동하게 만드는 글을 쓸 수 있을 겁니다. 이게 무슨 말이냐면, 지금 일을 하는 그 순간을 즐기란 겁니다. 목표 달성에만 매몰되지 말고요.

끊기에도, 도전에도 용기가 필요하다. 인터뷰를 마무리하며 유 교수에게 두려움을 떨치고 결단력을 발휘할 수 있는 비결을 물었다. 그는 "일단 해보면 된다"고 했다. 뭐든 도전해서 뚝심 있게 지속하려면 해봐서 그 '맛'을 아는 수밖에 없다는 것이다. 하기 전에 했던 걱정이 괜한 것이었다 해도, 해봐야 알 수 있다. 유 교수는 '도전'이란 단어가 주는 거창함에 겁먹을 필요도 없다고 했다.

어제와 다르게 하는 모든 행동이 도전입니다. 어젠 가지 않았던 골목길로 걸어가 보는 것도 도전입니다. 내가 도전한 만큼 세상은 다르게 배울 수 있어요.

용접공 출신의 유영만 교수가 인생에서 배운 세 가지
"책이 운명을 바꾼다"

방황하던 용접공이 대학 진학의 꿈을 꿀 수 있었던 건 우연히 집어든 책 덕분이었습니다. 책 속에 빠져 살면 새로운 세상의 창문이 열립니다. 읽고 쓰는 삶이 인생을 바꿀 수 있습니다.

"배움에는 땀이 필요하다"

체험 없는 개념은 지루합니다. 내 몸으로 땀 흘려 얻은 나만의 언어가 다른 사람을 감동시킬 수 있습니다. 일단 밖으로 나가 경계를 넘으세요. 챗GPT 시대엔 그런 실천적 지혜가 필요합니다.

"끊기(絕) 없는 끈기는 위기다"

하나의 방식으로 성공하는 시대는 갔습니다. 버티는 끈기가 되레 삶을 피폐하게 만들 수 있어요. 인생에서 끊기를 발휘해 내가 잘하고 나를 행복하게 만드는 일에 끈기를 집중하세요.

(이 기사가 울타리 발행 취지에 적합하여 전민규 기자님께 양해 없이 올렸습니다. 전기자님 양해하여 주시기를 바랍니다.)

미국은 대한민국에게 어떤 존재인가 ?

　미군은 1950년 7월 1일 한국에 첫발을 디딘 이후 3년 1개월 간 전쟁을 치르면서, 전사자 54,246명을 비롯하여 실종자 8,177명, 포로7,140명, 부상자 103,284명 등 172,800여 명이 희생당했다.

　국군 희생자가 645,000명에 비해 무려 27%나 된다. 이처럼 많은 미군이 한국 땅에서 희생된 것이다.

　특히, 우리를 감동시킨 것은 미국 장군의 아들!

　142명이나 참전하여 그 중에 35명이 전사했다는 사실이다. 그 중에는 대통령의 아들도 있었고, 장관의 가족도, 미8군 사령관의 아들도 포함되어 있다는 점에서 우리를 부끄럽게 만든다. 즉, 아이젠하워 대통령의 아들 존 아이젠하워 중위는 1952년 미3사단의 중대장으로 참전하였다. 대통령의 아들이 남의 나라에서 참전하여 전사했다는 사실은 상상할 수 없는 일이다.

　또 미8군사령관 월튼 워커 중장의 아들 샘 워커 중위는 미 제 24사단 중대장으로 참전하여 부자가 모두 6·25한국 전쟁에 헌신한 참전 가족이다.

워커 장군이 1950년 12월23일 의정부에서 차량 사고로 순직 시, 아버지 시신을 운구한 자가 아들이었으며, 아버지를 잃은 뒤에도 아들은 1977년 미국 육군 대장이 되어 자유의 불사신이 되었다.

노르망디 상륙작전에 참전했었던 벤 플리트 장군도 한국전에 참전하여 사단장, 군단장, 8군사령관까지 오른 인물이다. 그의 아들 지니 벤 플리트 2세도 한국전에 지원하여 B-52폭격기 조종사가 되었다. 그러나 지미 대위는 1952년 4월 4일 새벽 전폭기를 몰고 평남 순천 지역에서 야간출격 공중전투 중 괴뢰도당의 대공포에 전사했다.

지미 대위가 처음 참전을 결심했을 때 어머니에게 보낸 편지는 우리의 심금을 울렸다.

'어머니! 아버지는 자유를 지키기 위해 한국전선에서 싸우고 계십니다. 이제 저도 힘을 보탤 시간이 온 것 같습니다. 어머니!! 저를 위해 기도하지 마시고, 함께 싸우는 전우들을 위해 기도해 주십시오. 그들 중에는 무사히 돌아오기를 기다리는 아내를 둔 사람도 있을 것이고, 아직 가정을 이루지 못한 사람도 있습니다.' 라고 보냈다. 그 편지가 마지막이 될 줄이야! 그뿐 아니다.

미 해병 제1항공단장 필드 해리스 장군의 아들 윌리

엄 해리스 소령은 중공군 2차 공세 때 장진호 전투에서 전사했다.

미 중앙정보국 알렌데라스 국장의 아들 데라스2세도 해병 중위로 참전해 머리에 총상을 입고, 평생 상이용사로 고생하며 살고 있다.

또 미극동군사령관 겸 유엔군사령관 클라크 육군 대장의 아들도 6.25 한국전쟁에 참전 했다가 부상당했다. 한편, 미 의회는 한국전에 참전했다가 전사했거나 중상을 입은 장병들에게 명예 훈장을 수여했는데 한국전 중 받은 사람은 136명이다.

이는 제2차 세계 대전때의 464명보다는 작지만 제1차 세계대전 124명보다는 많은 것은 한국전쟁이 얼마나 치열한 전쟁이었나를 말해주고 있다.

이 자랑스러운 훈장을 마지막 받은 자는 이미 고인이 된 에밀 카폰 대위로 전사한지 62년이 되는 해에 추서되었다. 카폰 대위는 1950년 11월 미제1기병사단 8기병연대 3대대 소속의 군종 신부로서 평안북도 운산에서 중공군의 포로가 되었다. 그는 탈출할 수 있는 기회가 있었음에도 그냥 남아 병들고 부상 당하여 고통 중에 있는 포로들을 일일이 위로하며 희망을 준 사람이다. 그는 자신도 세균에 감염되어 많은 고생을 했고, 나중에는 폐렴으로 포로수용소에서 사망할 때까지 병사들을 돌보며, 신부로서 사명을 끝까지 완수한 공로로 명예훈장이 추서되었다.

1950년 7월 1일 그뿐만 아니다.

우리 국민이 잊지 않고 기억해야 할 것은 1950년 한국전쟁 발발 시 미국 웨스트포인트 사관학교를 졸업하고 임관한 신임 소위 365명 중 한국전에 참전했다가 희생당한 장교가 110명(그 중에 41명 전사) 이나 되었다는 점을 잊어서는 아니 될 것이다. 그들은 세계를 가슴에 품고 대망을 펼치기 위해 사관학교에 입교했는데 임관하자마자 한국전선 에서 희생되었다. 피어보지도 못한 그들의 통한!

세계 자유를 지키기 위해 이름도 모르는 나라를 지켜주기 위해 아낌없이 목숨을 바친 그들이 한없이 고맙다.

이 글을 통하여 한국전쟁 당시 있었던 미국의 자원과 희생에 감사하고 우리나라 고위층 인물 중에 군에 가지 않은 자들은 가슴에 손을 얹고 양심의 가책을 느끼고 부끄럽게 생각해야 한다.

일기를 통해 본 도산의 활약

1918년 대동단결체인 전노한족회가 구성되면서 재러 한인 사회는 재러 한족연합회를 중심으로 통일되어 갔다. 안창호가 중국에서 받은 편지들은 모두 소실되었고 1924년 12월 16일에 미국에 도착해 1926년 4월 22일에 중국으로 돌아오기까지, 미국에 머무는 동안에 상해에서 미주의 안창호에게 보낸 서한들이 남아 있다.

1920년에 서간도에서의 이상룡(李相龍)의 서한은 안창호가 보낸 서한에 대한 답장이다. 안창호의 서한은 아마도 안창호가 내무총장 겸 국무총리서리 직에 있으면서 서간도에 특파원을 파견해 그곳 독립 운동 세력과의 연계를 모색했을 때, 그곳 실정을 문의했던 서한일 것이다.

최용학

1937. 11. 28, 中國 上海 출생(父:조선군 특무대 마지막 장교 최대현), 1945년 上海 第6國民學校 1학년 中退, 上海인성학교 2학년 중퇴, 서울 협성국민학교 2학년 중퇴, 서울 봉래초등학교 4년 중퇴, 서울 東北高等學校, 韓國外國語大學校, 延世大學校 敎育大學院, 마닐라 데라살 그레고리오 아라네타대학교 卒業(敎育學博士), 평택대학교대학원장역임, 현) 韓民會 會長

서간도 독립 운동의 지도자 이상룡은 임시정부의 안창호에게 서간도의 실정을 전해 주었다. 한편 안창호가 미주에 있을 때에 보낸 의정부의 중앙의회중앙위원장인 김이대(金履大)의 서신은 상해 임시정부와 북만주의 신민부, 그리고 미주의 국민회가 임시정부로 들어가 독립운동 단체를 통합하고자 한다는 소식과 함께 봉일조약(奉日條約)의 체결과 중국 관헌의 한인 추방 등으로 인한 한인들의 어려운 정황을 전하였다. 그리고 안창호가 미주에 가 있는 동안인 1925년 당시의 변화한 상해 정계소식을 전한 조상섭, 리규홍, 이유필, 차리석의 서한이 있다.

안창호는 러시아를 출발해 치타, 이르크스크, 페테르부르크 등을 경유해 8월 20일에 영국에 도착하였고, 8월 26일에 영국을 출발하여 9월 22일에 뉴욕에 상륙하였다. 안창호가 베를린과 런던에 머물었을 때, 이곳에서 김중세, 허국, 진위도순 등과 만난 것으로 보인다. 한편 러시아 및 북만주 일대에서 활동한 최관흠 목사는 안창호의 전보를 받고 만나기 위해 런던까지 왔으나 만나지 못한 사연을 적고 있다. 진의도는 네덜란드에서의 자신의 사업을 후원해 줄 것과런던에 머물렀을 때 만난 요한(Yohan)은 미국에서 공부할 수 있도록 추천해줄 것을 요청하였다.

또한 1918년에 호주 시드니에서 안창호에게 보낸 서한이 있는데, 최정익이 왜 호주에 갔는지 그 이유는 서한에 나타나지 않는다. 아마도 북미 실업주식회사의 사업확장을 위한 목적이 아닐까 생각된다. 서한을 보낸 지사들은 일제의 주목을 피하기 위해 많은 이들이 성명을 바꾸었고, 상해를 제외하고는 중국과 미주 간의 서한은 치타나 해삼위 등 시베리아를 경유해야만 일제 검열을 피할 수 있었다. 이러한 어려운 상황에서 전달된 서한들을 통해 민족을 위해 헌신했던 애국지사들의 자취와 그들의 정신, 그리고 수없이 직면했던 고뇌와 문제가 무엇이었는지를 알 수 있다.

민족의 지도자라 할 수 있는 많은 이들이 서한에서 안창호에게 단순한 인사치레가 아닌 민족의 장래에 대한 가르침을 기대하고 있음은 독립운동계에서 안창호가 차지하는 위상을 확인시켜 준다.

안창호는 러시아를 출발해 치타, 이르크스크, 페테르부르크 등을 경유해 8월 20일경 베를린에, 8월 24일 영국에 도착하였고, 8월 26일에 영국을 출발하여 9월 22일에 뉴욕에 상륙하였다. 안창호가 베를린과 런던편에 머물었을 때, 이곳에서 이중세, 허국, 진의도 등과 만난 것으로 보인다. 한편 러시아 및 북만주 일대에 활동한 최관흠 목사는 안창호의 전보를 받고 만나기 위해 런던까지 왔으나 만나지 못한 사연을 적고 있다.

일기를 통해 본 도산의 활약

이하는 본인이 각종 자료를 찾던 중 한시준 독립기념관 관장님의 글이 가장 신뢰할 수 있는 자료라 사료되어 일부 인용했음을 밝힙니다.

도산 안창호가 언제부터 일기를 썼는지는 알 수 없지만 현재 남아있는 도산의 일기는 1920년 1월 14일에 시작하여 8월 20일까지, 그리고 1921년 2월 3일부터 3월 2일까지의 것뿐이다.

약 8개월 분량의 일기인 셈이므로 1920년 7월 28, 29, 30일과 8 월 6, 7, 8일은 날짜와 요일만 기록되어 있을 뿐 내용이 없다. 어쩌면 도산은 일기를 쓸 때, 매일 해야 할 계획을 간단히 메모한 것 같다. 그리고 그 계획에 따라 하루 일과를 진행하며 수첩이나 노트 등에 메모해 두었다가 시간적 여유가 있을 때 다시 정리한 것으로 보인다.

1920년 3월 18일자에 보면, 예정 사항에 '일지 기록할 것'이라고 해놓았다가, 밀려 있는 일기를 기록함

(積日未記日誌)이라고 한 것으로 그것을 짐작케 한다.

그나마 남아 있는 도산의 일기는 도산이 직접 정리한 것이 아닌 것 같다. 일기의 필체는 도산의 필체와 흡사하나 그가 여러 사람들에게 보낸 서한의 필체와 비교해 보면 다른 점이 많다. 또 8개월분의 일기가 글씨체나 양식이 똑같다는 점도 누군가가 대신 정리한 것이 아닌가 싶다.

도산이 매일 또는 시간 날 때마다 정리한 것이라면 필체나 양식에 차이가 있어야 하는데 그렇지 않다는 점이 어쩌면 누군가가 한꺼번에 도산의 일기를 모아 정리한 것이 아닌가 싶다. 일기 중에 공란으로 되어 있는 부분이 그렇다. 1920년 7월 11일자 일기를 보유건(補遺件)이라고 한 것 등이 그 실상을 짐작케 한다. 비워둔 공란은 일기를 정리한 사람이 도산의 글씨를 확인할 수 없어서 빈자리를 남겨놓았던 것 같다.

도산의 일기는 국한문으로 되어 있고 구두점도 없고 띄어쓰기도 되어 있지 않아 원본을 읽기는 쉽지 않다고 한다.

임시정부 활동기의 기록

도산이 일기를 쓴 시기는 상해 임시정부에서 활동하던 때로 1918년 4월 중국 임시정부의 내무총장으로 선임된 후부터이다. 그해 5월 상해로 와 내무총장에 취임하였고 이를 계기로 주요 활동기반을 미주에서 상해로 옮겼다. 그리고 임시정부를 중심으로 활동할 때 기록이 필요하므로 일기를 썼던 것이다.

상해 임시정부에서 내무총장으로 취임하여 활동하던 도산은 1919년 9월 11일 세 곳의 임시정부가 통합을 이루면서 노동국총판(勞動局總辦)에 선임되었다. 그리고 3.1운동 직후 수립된 노령의 대한국민의회 상해의 임시정부와 국내 한성정부는 통합을 이루고 통합임시정부는 이승만 대통령과 국무총리 이동휘를 중심으로 한 대통령제를 채택하였고, 도산은 정부의 일원인 노동국총판을 맡았던 것이다.

세계 10대 강국이 된 한국

최근 미국의 수도 워싱턴에서 발간되는 US News지에서 세계 10대 강국의 순위를 발표하였는데

1위 미국,

2위 중국,

3위 러시아,

4위 독일,

5위 영국,

6위 한국,

7위 프랑스,

8위 일본,

9위 아랍 에미리트,

10위 이스라엘

등으로 밝혀졌다.

강대국의 순위를 정한 기준은

1. 외교 정책과 영향력

2. 국방 예산

3. 세계 경제에 미치는 영향

4. 지도자

5. 강력한 군사 동맹. 이런 기준을 종합적으로 판단하여 순위를 매긴 기사에서 우리 한국이 일본을 제치고 6위에 올랐다.

US News지에서는 한국을 6위로 선정한 기준을 1. 군사력 2. 최근의 무기 수출로 드러나는 방위 산업 3. 반도체를 중심으로 하는 기술력 4. 미디어 콘텐츠 패권 5. 최강 미국과 완벽한 군사동맹 또한 그간에는 미국의 허리우드가 독점하고 있던 문화에 대한 영향력을 코리아가 세계적인 영향력을 발휘하고 있음을 지적함.

US News지는 한국에 대하여 언급한 자료 중에 한국의 인구를 5,170만으로, GDP를 1조 8천억 원으로 적었습니다. 외국에서 우리를 좋게 평가할 때에 국내에서 국력을 낭비하지 말고 합심하여 좋은 나라로 세워가야 하겠습니다.

2023세계 속 대한민국의 상황

1) 외환 보유고 세계 7위.

2) 자동차를 8백만 대를 제작 230개 국가에 수출.

3) 1등부터 6등까지의 조선소가 대한민국 조선소

4) 라면 매출고만 2조 원이고 그중 1조 원을 수출.

5) 20년 전 세계 320번째 기업 삼성전자 8등.

6) 대한민국이 인도네시아에 국산 초음기 T-50 16

대를 직접 몰고 가 인도네시아에 넘김.

7) 작년에 국내 건설 회사들이 외국에서 70조 원의 공사를 따냈고 금년은 90조 원을 예상.

8) 중동과 아프리카 국민의 45%가 삼성전자와 LG 전자의 휴대폰을 사용하고 전 세계 평균 3명중 1명이 대한민국 휴대폰 사용

9) 전 세계 바다의 대형 선박의 43%가 한국산.

10) 삼성전자가 평택에 100조원을 투자하고 서울 서초동에 1조원짜리 연구센터를 짓고 있음.

11) 서울의 지하철은 세계 1등.

12) 인천공항도 세계 1등.

13) 세계 기능올림픽대회에서 8년 연속 1등.

14) 우리나라는 집이 8%가 남아돌아감.

15) 반도체 1등 국.

16.) 삼성과 LG 때문에 모토로라 블랙베리 노키아 소니 파나소닉 등이 망했고 애플도 망하고 있다. 그만큼 한국의 기술이 전 세계를 지배.

17) 유엔은 우리나라 전자정보 기술 세계 1등 발표

18) 한국은 세계에서 인터넷 속도 기술 보급률이 가장 우수한 나라.

19) 현대자동차는 세계 최초로 수소가스로 가는 자

동차를 만들어 세계를 깜짝 놀라게 함

20) 세계 1등을 한 소나타 제네시스, 스포티지, 글렌저, 에쿠스 등이 현대와 기아 차.

21) 세계 전문기관들은 한국은 2030년 안에 세계 5위 경제대국이 될 것이라고 전망

22) 한국인이 카카오 톡을 개발하여 전 세계 100여 개국에 팔아 1조5천억 원 부자가 됨.

23) 한국은 타이어를 연간 1억 개를 생산하는 타이어 3대 강국이다.

24) 한국의 화장품 매출액이 연간 3조 원이며 전 세계 100여 개국에 수출함.

25) 작년에 1,200만 명이 한국을 방문.

26) 작년에 초코파이 100여 개국에 5천억 원을 수출함.

27) 우리나라의 세계 1등 상품 수는 151개.

28) 우리나라는 세계 5대 잠수함 생산국.

29) 우리나라는 세계 3대 교육용 로보트 수출국.

30) 우리나라는 항공 서비스 1등 국.

이상과 같이 전 세계가 한국에 놀라고 있다. 한국인들은 더욱 더 엄청난 일을 해낼 것이다. 이런 엄청난 사실을 북한 주민들은 까맣게 모르고 있다. 〈퍼온 글〉

우리 국민이 이룩한 80년간의 역사

자랑스러운 23개 발전 실태

1) 우리는 일본 속국에서 광복된 나라가 됨.

2) 우리는 왕정국가에서 자유민주주의 국가가 됨.

3) 우리는 바지 버선 나라에서 신사의 나라가 됨.

4) 짚신의 나라에서 신발 수출 1위의 나라가 됨.

5) 우리는 초가집 나라에서 아파트단지 나라가 됨.

6) 호롱불 나라에서 원전 수출의 나라가 됨.

7) 사랑방글방에서 세계제일의 문맹 없는 나라가 됨

8) UN 도움 받은 나라에서 UN사무총장을 배출함.

9) 외화벌이 노동수출국에서 노동수입국이 됨.

10) 숭늉의 나라에서 세계 커피 소비 왕국이 됨.

11) 짐 보따리 나라에서 재벌 나라가 됨.

12) 가마 타던 나라에서 자동차 생산 천국을 이룸.

13) 마찻길 나라에서 사통판달 고속도로 천국이 됨.

14) 거북선 나라가 선박수출 세계 제일 나라가 됨.

15) 대장간 나라에서 제철 왕국이 됨.

16) 5일장 나라에서 백화점, 대형마켓 나라가 됨.

17) 비행기 없던 나라에서 초음속 전투기를 생산함.

18) 활 쏘던 나라에서 전차, 대포, 전투기 수출 8위
    의 나라가 됨.

19) 달을 보고 계수나무 부르던 나라가 달 탐색 위
    성을 쏘아 올림.

20) 판소리 나라에서 K-팝 수출국이 됨.

21) 천막 극장의 나라에서 세계적인 영화배우, k팝
    스타를 배출하는 나라가 됨.

22) 마라톤만 1등하던 나라가 태권도, 수영, 빙상,
    골프, 양궁, 배드민턴 탁구, 펜싱, 야구 등 1등
    국가가 되어 올림픽을 개최한 나라가 됨.

23) 세계최저 60불 나라에서 40,000불 국가로 전세
    계 10위의 선진국이 됨.

이상이 광복 80년 만에 우리 국민이 이룩한 쾌거이
며 자랑입니다.(좋은 글에서)

빚지며 사는 인생

최 명 덕

넥타이 느슨하게 풀고
안경 벗어 와이셔츠 왼쪽 주머니에 꽂는다
눈을 감는다
오늘도 전철은 피곤하다

누군가 저쪽엔
나보다 더 피곤한 사람 고단하게 서 있을 게다

그래도
눈 질끈 감고 고달픈 잠에 빠져 든다
그러나 아주 잠들어선 안 된다
내려야 할 역

최명덕

「한국크리스천문학」 등단,
저서 『유대교의 기본진리』 외 다수,
건국대 히브리학과, 문화콘텐츠학과 교수,
한국이스라엘연구소 소장,
한국이스라엘문화원 이사,
전 조치원성결교회 담임목사 역임
현) 성경순례아카데미 원장

지나치면
인생은 더 피곤해진다

전철 잠은 꿀잠이지만
귀 열고 자야 한다
다음은 신도림역입니다
신촌, 잠실 방면으로 가실 손님은
지하철 2호선으로 갈아타시기 바랍니다
소리 놓치면
지난 번 걸었던 그 많은 계단
다시 걸어야 한다

매일 빚지며 사는 인생
누군가 저쪽엔
나보다 더 피곤한 사람
아직도 서 있다

잠깐

박 문 순

난생 처음
머리에 검은 모자를 쓰고
거울 앞에 서서
나를 들여다보며
그레이스 케리처럼
표정을 지어 본다

희끗희끗한 머리카락이
금발처럼 출렁이고
처진 눈꺼풀 아래 눈동자가
흑요석같이 반짝였다

박문순

「화백문학 등단,
시집 『아프다고 말하리라』, 「황혼에 핀
꽃」 「하늘 잔치를 벌여라」 『꽃 피는 모든
순간.. 동인지 '나의 향기를 찾아서』 4집.
(사)한국문학협회 이사, 별빛문학 회원, 월곡
교회 권사

창백한 입술에
빨간 립스틱을 발라본다

한 바퀴 뒤돌아보며
꿈같았던 생각에
피식 웃음을 짓는다

누구든 옹이는 있다

안승국

밀레의 만종
부부의 두 손을 모은 손
밑 바구니에는 죽은 애기가 누워 있다
세계의 명화라 불리는
모나리자
남편 잃은 과부의 서글픔이
서려 있다

여든 어르신
레드키위

안승국

「한국크리스천문학」 수필,
「국보문학」 등단
관제사, 원산지관리사 관세청 등 33여년 근무
방송통신대 법학과, 무역과 졸업-
수원중앙침례교회 장로

최고의 상품 개발하려다
삼성병원 심장수술실에서
수액 맞고 있다

비바람 없이 꽃 한 포기
자랄 수 없고
옹이 없이 백일홍
미모 자랑할 수 없다

나무의 골다공증

최연숙

부서져 내리는 아랫도리

수척한 햇살이 들락거리고

바람 한 트럭 들이부어 놓으며

붉은 머리 오목눈이

개나리 한 조각 물고 와

구멍을 막아 보지만

구멍은 끝내 더 벌어진다

간신히 버틴 힘줄 공중을 휘감고

몽오리에 젖돌기를 기다린다

마지막까지 제 할 일이라고

위태한 젖줄 부여잡고 꽃눈 밀어내고 있다

최연숙

「한국크리스천문학」 수필, 「미네르바」 시 등단.
시집 『기억의 울타리엔 경계가 없다』, 『모든 그
림자에는 상처가 살고 있다』 등.
산문집 『작은 풀꽃의 사중주』.
율목문학상, 한국크리스천문학상 등
현) 「생명과문학」편집위원,
    한국크리스천문학가협회 부회장

아픔 없는 생명이 어디 있겠느냐만
살아내겠다는 절박한 몸부림
날마다 목도하고 있다

겨울이야기

이정순

엄동설한이라는 동장군은 고개를 숙이고
삼한사온이라는 겨울도 숨어버린 듯
반갑잖은 삼한사미三寒四微가 나타나다

세상이 하 어수선하니
계절도 제 자리를 찾지 못하고
우왕좌왕 갈팡질팡

대설大雪
동짓날
소한小寒에도
숨죽이고 엎드린 겨울이야기

이정순

서울 출생
월간 「시사문단」 시 등단
한국시사문단작가협회 회원, 한국예술인복지재단 예술인작가, 북한강문학제 추진위원, 반여백 동인
『봄의 손짓』공저(그림과 책) 「문학의 집 서울」
제6회 수필공모 장려상, 제17회 풀잎학상 수상

펑펑 쏟아져 내리는 눈발
사각사각 눈 쌓인 거리
추억 속 그림인 양 잠잠한데

머리에 백설을 이고
굼뜬 발걸음
설움 잦은 인생 자락
어정쩡한 겨울도 나쁘지 않다

눈 오는 날의 종소리

배정향

빈 밥그릇으로 종소릴 내는 아이들
종소리 모여서 청아한 밥이 되면
녹턴의 언덕을 홀로 넘으리라

아들아 딸아
밥그릇 안에서만 홀로 익는 밥이 된다면
언제나 노래하는 밥그릇
언제나 비어 있는 밥그릇

밥이 피어오르는 구름들
오월의 이팝나무들
풍요의 대기를 쌓아 올리며
리코더 부는 아이들

배정향

「문학과 예술」 등단, 「지구문학」 수필 등단,
이화여대 약학과 졸업, 1
963년 미국 켄터키 주립대학 수학,
대구 문인협회, 산문과 시학, 대구기독문학,
영호남수필, 지구문학 회원,
활짝 웃는 독서회 객원작가

밥의 형상을 기리는 모든 사람들
뭉게뭉게 하얀 종소리로 피리라

피가 끓는
여름날 배고픔으로 붉게 하는 서녘 하늘
공포의 불타는 길을
홀로 넘어가는 태양
들판에서는 이빨 꽉 물고 일어서는 쌀알들

아들아 딸아
검은 해와 노란 달과 얼음의 폭염을 지나
나와 네가 만나는 날
빈 밥그릇 위로만
내리는 눈송이, 눈물이 익어
축복이 수북수북 쌓이는

아들아 딸아
청아한 종소리가 밥을 실어 오는 날
밥이라는 모든 꽃 모든 노래
경이와 신비의 모든 배고픔을.

삶의 지혜

이상진

이겨낸 모진 풍파 굵게 패인 이마주름
흰머리 숫자만큼 내 여로旅路 알려주듯
오늘도 삶의 지혜를 알아가는 과정 중

아웃과 부딪히며 내 언성 높아질 때
갈 길이 다르다고 느끼는 그때마다
이럴 땐 '안녕'이라고 인사 한번 건네 보자

고통의 힘겨움은 욕심에서 생겨나고
집착의 굴레마다 엉키듯 꼬인 마음
풀어낼 삶의 방정식 내려놓는 빈 마음

이상진

한국문인협회, 한국시조시인협회 회원, 한국크리스천문학가협회운영이사 겸 부회장, 한국장로문인협회 이사, 대구기독문인협회 회장전) 대구문인협회 부회장
수상:육사백일장 장원, 제25회 대구시조문학상, 제26회 한국장로문학상, 나래시조문학상
시조집:『南道 가는 길』,『하늘이 푸르른 날』,『내려놓음, 비움』
현)한국품질경영연구원장, (사)이상화기념사업회 이사, CBMC 대구중앙지회 회장

밤 희방사에서

김복희

연화봉 높은 곳에
마음을 묻어두고

물 흐르듯 마음 한 쪽
희방폭포를 만들어서

큰소리
홀로 남기고
만월을 키워낸다.

김복희

「문학세계」등단, 수필집 『장밋빛 인생』, 시집 『섬
돌을 밟고 서면』, 한국문인협회 회원, 한국수필문
학회, 영주군인협회 수필분과위원장, 한국크리스
천문학상, 소백코리아 대표

불꽃

서경범

능엄경언해(1461) '븘곶'이 화화(火花)이며
염증을 도발할 위험을 글로 쓰는 의미다.
종교 성직자 잘못을 대신 앙갚음 이앙하여
아픈 곳을 건드려 상처를 덧내는 죄의 의식이다.

봄부터 생명 죄를 활활 태워 소각하고
사별하는 빨간 단풍잎 열정 가을꽃 이앙이다.

석양이 짙은 노을 속으로 빠져들어
태양 한낮을 밝히던 수면 열기를 머금고
붉은 빛 반사 분포하며 서해로 떨어지는 소멸이다.

서경범

독립기념관 백일장 '수필' 등단
시집 「안성 맑은 물」, 「미리내」,
박두진 문학관 「우리들의 시간」, 문방시회 동인지,
안성문인협회 문학지
한경대 문예대 1,2기 수료
현) 신한카드사 설계사

생명을 불태우는 젊은 날 상처투성이
악연 인도 태형제도 물로 씻어 버리는 관습,
글로 남는 인류 생명 올곧은 성인 말씀 전달하고
불꽃놀이 하현달 죄악을 물어 씻는다.

오늘 죄를 짓고 죄를 씻는 생명 도화선이
죄악을 잉태하여 어둠을 태우는 일,
종교전쟁, 악마, 살인, 종말 사형제도다.

봄, 아침에 지은 죄 대가를 자불하는 제도
절망 환희를 희망으로 소환하는 경제 위력
밥그릇 줄여 빼앗아 연명하는 암묵 살인, 핵이다.

아내의 연인

이건숙

성기는 이제 갓 돌을 지난 아들이다.

볼에 살이 보송하게 오르고 방긋방긋 웃는 아들이 보고 싶어서 성기 아빠는 회식 자리도 마다하고 일찍 귀가했다.

아침에 출근할 적에는 오늘 동료들과 회식이 있어서 아내에게 저녁을 혼자 먹으라고 했으나 아들이 눈에 밟혀 견딜 수가 없었다. 어쩔 수 없이 감기 기운이 있어 일찍 집에 가서 눕겠다고 속이고 줄행랑을 쳐왔다.

다른 때 같으면 이 시간대에 찌개 끓이는 냄새와 음식 장만하는 소리로 부엌이 살아 있을 터인데 아기만 혼자 아기침대에서 쌕쌕 자고 있고 부엌은 썰렁했다.

이건숙

한국일보 신춘문예 당선, 서울대학교 독어과 졸업,미국 빌라노바 대학원 도서관학 석사, 단편집: 『팔월병』 외 7권, 장편 『사람의 딸』 외 9권, 들소리문학상, 창조문예 문학상, 크리스천문학나무(문예지)주간 역임(현:도미)

주위를 아무리 휘둘러봐도 아내는 없다. 어딜 갔을까. 안방 문을 열어도 아내는 없다.

건넌방의 책상 위를 보니 공책이 펼쳐져 있다.

아내는 꽃으로 가장자리를 장식한 노트 위에 예쁜 글씨로 또박또박 써내려갔다.

'내가 사랑하므로 병이 났습니다. 당신은 왼손으로 내 머리에 베게 하고 오른손으로 나를 안았습니다. 당신의 왼손이 내 머리에 닿으니 기쁨과 평안이 넘치고 오른손으로 나를 안아주니 힘이 넘칩니다."

성기 아빠는 가슴이 철렁 내려앉았다. 공책의 앞장으로 갔다. 거기에는 이렇게 기록하고 있었다.

'당신이 나를 데리고 많은 사람들이 웅성거리면서 모인 잔칫집에 들어갔는데 당신이 나를 사랑함이 얼마나 큰지 모두 칭찬이 자자했습니다. 사람들 앞에서 당신의 사랑이 내 위에 깃발처럼 휘날렸습니다.'

그렇게 믿고 있던 아내가 바람이 났구나. 앞이 빙그르르 돌았다. 이 일을 어쩐단 말이냐. 한탄하면서 의자 위에 털썩 주저앉았다.

그때 현관문이 열리면서 아내가 들어온다. 아기가 깨지 않은 것을 보고는 발소리를 죽여 가면서 아내는 밥솥에서 밥 한 공기를 퍼서 구운 김 하나만 달랑 놓고 저녁을 먹는다.

건넌방에 숨어서 아내의 동태를 살피고 있던 성기 아빠가 눈에 독을 품고 방문을 걷어차고 나와서 아내를 노려보았다.

"어머! 깜짝이야. 오늘 회식 있다고 했잖아요."

"당신 어디 갔었어?"

"아기 분유가 떨어져서 막 재워 놓고 잽싸게 슈퍼에 갔다 왔어요. 전화를 주었으면 저녁 준비를 했지요."

"지금 당신 누구 만나고 온 거야. 솔직히 말하라고."

성기 엄마는 놀라서 눈이 화등잔만 하게 커진다.

"누구한테 연애편지를 쓰고 있었어? 건넌방 책상 위에서."

아내는 한참 동안 말없이 웃음을 참느라고 킥킥거렸다.

"어서 솔직히 고백하라고. 이건 이혼감이야."

그래도 아내는 웃기만 하고 말을 아낀다. 참지 못한 남편의 손이 아내의 뺨을 치려는 순간 웃음을 간신히 참아가면서 아내가 입을 열었다.

"아하! 내 큐티노트를 보았군요. 그거 하나님께 쓰는 연애편지에요. 요즘 아가서를 읽고 있거든요. 우하하."

키보드 치는 여자

유영자

외출을 하려고 현관문을 나서는데 전화벨이 울렸다. 받아보니 친구 부인인 수정씨다.

"어쩐 일이야?"

나는 재킷 단추를 채우며 물었다.

"남편이 마지막 순간이 온 것 같다며 호스피스 병실로 옮기라고 해서 옮겼어."

더 이상 말을 잇지 못하고 흐흑! 하고 우는 소리가 전화선 너머로 들렸다.

수정씨는 남편 친구의 부인이기도 하지만 나와는 둘도 없는 친구다. 남편들끼리 친하다 보니 우리도 덩달아 친하다.

"무슨 소리야? 점점 호전되어 간다고 했잖아? 그런데 호, 호, 호스피스 병동이라니?"

유영자

「크리스천문학나무」 등단, 저서 『24가지 동화로 배우는 하나님 말씀』, 수필집 『양말 속의 편지』, 『감사의 향기로 나를 채우다』(공저), 크리스천문학나무문학회 회원, MBC 문화방송 신인문예상 수상, 남포교회 집사

나는 떨리는 목소리로 말까지 더듬었다. 그리고 그 자리에서 발길을 돌려 병원으로 달려갔다. 병원에 도착해 보니 그녀가 의식이 가물가물한 남편 얼굴을 쓰다듬으며 눈물을 철철 흘리고 있었다. 얼마나 울었던지 눈이 퉁퉁 부어 있었다. 나를 보자 더 서럽게 울었다. 나도 따라 울었다.

"의사 선생님이 오늘을 넘기기가 어렵다며 마음의 준비를 하래."

그녀는 어린아이 마냥 또 엉엉 소리 내어 울었다.

윤정섭 사장은 우리 남편과 고향서부터 인생의 길을 함께 걸어온 뿌리 깊은 죽마고우다. 결혼하고 지금까지 가까운 곳에 붙어 사는 인생동반자로 형제나 다름없다.

그는 자상하고 사랑이 많을 뿐만 아니라 항상 덜 가진 사람들을 돕는 일에 적극적으로 나서는 선량한 사람이다. 출장이라도 다녀올 때면 길가에 앉아 나물이나 도라지를 파는 할머니들 앞에 차를 세우고 물건들을 웃돈까지 얹혀 몽땅 다 사가지고 온다. 그리고 우리 집 먼저 들러 나물을 반 이상 덜어 놓고 돌아간다.

또한 아내 사랑이 유난해서 임신만 했다 하면 먹고 싶다는 음식을 빠짐없이 사 나른다.

"여보, 해삼."

아내의 말이 떨어지기가 무섭게 바닷가로 달려가 싱싱한 해삼을 사들고 와서는 요리까지 만들어 바친다.

결혼기념일에는 백송이 장미 꽃다발 속에 진주목걸이를 숨겨 보내주어 아내를 깜짝 놀래키며 행복하게 만들어 주는 상남자다. 나는 달콤한 그들 생활이 하도 부러워 목석같은 남편을 족친다.

"당신은 뭐야? 남편이야? 이웃집 아저씨야? 아이들을 세 명씩이나 낳아도 사과 꽁댕이 하나 사다 줄 줄 모르고."

결혼기념일이나 생일 따윈 아예 기억조차 못 하는 남편을 향해 친구를 본받으라고 따지면서 부부 싸움을 해 봐도 소용이 없다. 둘도 없는 친구가 성격이 달라도 너무 다르다. 그런데 그렇게 다정다감하고 건강했던 정섭씨가 육종암이라는 못된 병에 걸려 사경을 헤매고 있는 것이다.

호스피스 병실로 옮겼다는 소식을 듣고 자녀들이 단체로 들이닥쳤다.

"아버지 힘내세요, 꼭 일어 나셔야 합니다."

자녀들이 안타까워하며 하나님께 매달려 합심 기도를 했다. 순간 나는 깜짝 놀랐다. 시체처럼 꼼짝 않던 윤 사장이 자녀들을 향해 손을 흔들며 눈까지 번쩍 떴으니 말이다. 벌떡 일어나 "얘들아!" 하며 침대를 박차고 저벅저벅 걸어 나올 것만 같았다. 이것을 본 수정씨가 병실을 급하게 빠져나가 병원 예배실로 향했다. 그리고 키보드 피아노를 들고 왔다.

엄청난 쓰나미가 덮친 것처럼 아! 아! 하는 탄식소리로 꽉 차 있던 병실에 키보드라니. 자녀들의 슬픈 눈동자가 어머니를 따라 다녔다. 그녀는 남편 침대 옆에 키보드를 설치해 놓고 연주를 시작했다. 평소 남편이 좋아하던 찬송가를 시작으로 동요까지 잔잔하게 연주하니 병실이 금방 평안해졌다.

아름다운 키보드 소리를 듣고 병원 관계자들이 슬금슬금 병실로 모여들었다. 그리고 노래까지 흥얼흥얼 따라 하며 환자에게 손을 흔들어주었다. 마치 하늘나라로 떠나려고 준비하는 그에게 작별인사를 하는 것 같았다. 그는 아내의 키보드 연주 소리를 들으며 눈을 감고 지휘를 하는가 싶더니 아내를 향해 엄지를 치켜 올리며 입가에 행복한 웃음꽃을 피웠다.

"모두들 제자리로 돌아가세요."

의사 선생님의 지시에 사태의 심각성을 깨닫고 모두 흩어졌다. 수정씨는 키보드에서 잠시 손을 떼고 남편의 두 손을 잡았다. 남편은 식구들이 지켜보는 가운데 눈을 감으며 마지막으로 입술을 달싹 거렸다. "고마워"라고 말 하는 것 같았다.

마지막 순간은 슬프고도 아름다운 영화 한 장면처럼 매우 특별했다. 아내는 마지막 순간까지 키보드에 앉아 찬송가를 치고 또 쳤다.

'하늘가는 밝은 길이 내 앞에 있으니…….'

기독교와 한글

강덕영

수년 전 TV에서 한글날에 관한 다큐멘터리를 방영하는 것을 보았다. 불교가 얼마나 한글 창조에 큰 역할을 했는가에 관한 불교방송 특집이었다.

금시초문의 내용이었는데 불교를 포교하는 데는 큰 도움을 줄 수 있겠다는 생각이 들었다.

그런데 사실 한글에 관해서 우리 기독교가 정말 할 말이 많다. 한글 창조는 세종대왕이 하셨지만 이 글을 다루고 국민에게 보급하고 오늘날 한글이 되게 만든 것은 초기 선교사들의 공헌이 컸다.

그 당시 한글은 언문이라 비하 받고 민중이 잘 사용하지 않아 버려진 글자나 다름없었는데, 성경을 번

강덕영

「한국크리스천문학」 등단,
한국외국어대 및 경희대 대학원 졸업
저서『그럼에도 불구하고 할 수 있다』외 다수,
대한신학대학원대학교 이사장 역임,
현) 한국유나이티드제약 사장

역하면서 문법 체계가 갖추어졌다.

아펜젤러 선교사는 배재학당을 세웠고 인쇄소와 독립신문을 만들고 독립협회를 지원하여 한글의 교육과 전파에 큰 역할을 했다. 또한 성서교리를 통해 맞춤법 등 문법을 정리했고 주시경 등 한글학자를 양성했다. 그리고 성경을 완역하여 한글문화를 창조하는 큰 역할을 했다.

그런데 왜 기독교 방송과 신문들은 이렇게 우리 기독교의 공헌을 침묵하고 있는지 모르겠다. 지금과 같이 기독교를 비하하는 소리를 들으면서 자랑스러운 기독교의 역할을 왜 소개하고 있지 않는지 안타까운 생각이 들었다.

우리 기독교는 거의 문맹이었던 국민을 한글 교육으로 깨우쳤다. 책을 읽을 수 있고 편지도 쓸 수 있고 성경을 통해 하나님을 알고 자유민주주의의 사상을 신문을 통해 알게 되는 계기가 되었다.

많은 사람이 성경을 배우기 위해 우선 한글을 깨우치는 큰 역사가 평양대부흥운동 후에 일어났다. 일부 선교사님들은 한글을 쓰고 읽을 수 있는 사람들에게 세례를 주셔서 세례를 받기 위해 한글 공부를 했다고 한다.

우리 기독교가 준 위대한 업적이 바로 한글 보급으로 90%가 문맹이었던 우리 민족을 깨운 것이다. 문자를 읽을 수 있는 국민을 만들어 박정희 대통령 시대에 설계도를 볼 수 있는 사람 양성이 가능했다. 그리고 기계 도면을 볼 수 있는 노동자를 양성하여 경제대국으로 가는 길목을 만들었다.

이처럼 기독교는 민족사에 큰 획을 그었다. 왜 이러한 우리의 자랑을 기독교 방송과 신문들은 말하지 않는지 다시 한 번 이야기하며 강조하고 싶다.

이승만 대통령의 초등학교 의무교육이 대한민국의 경제 발전의 초석이었다고 학자들은 이야기한다. 세종대왕 한글 창조의 목적이 불쌍한 국민의 사랑에서 왔고 이것을 실천하여 훈민정음의 목적을 이룬 것은 선교사님들의 공헌과 기독교가 우리에게 준 선물이다.

그러므로 우리는 우리가 가진 기독교 역사에 대해 너무 무지하지 않은지 차분히 돌아보아야 한다. 또 기독교의 정체성을 세우고 기독교를 비하하는 많은 사람들과의 영적 전쟁을 승리로 이끌어야 한다.

대한민국은 기독교가 세웠고 오늘의 자유민주주의는 기독교가 가져왔고 지성과 인권 또한 기독교가 가져다 준 큰 선물이다. 유교가 세운 조선에서 여성 인권은 정말 비참했다. 여성 교육, 의료, 스포츠, 모든 것이 기독교 선교사님들이 한국이 준 선물이다.

한글은 세종대왕이 만드셨고 그 뜻을 실천하고 완성한 것은 기독교라는 사실을 자랑스럽게 여겨야 한다. 그래서 우리가 믿는 기독교를 자랑스럽게 여기고 그 유산을 후대에 잘 물려주어야 할 것이다.

폭싹 속았수다

최민호

유튜브를 검색하다

'한국은 끝났다(South Korea is over.)'라는 어느 영어 유튜브를 넋 놓고 보았습니다.

혹여 작금의 우리 정치 상황을 빗댄 내용인가 싶었는데, 막상 들어보니 더 심각한 우리의 문제를 그려낸 것이었습니다.

내용인즉, 우리나라의 출산율을 실감나게 걱정하는 것이었습니다.

지금 한국의 출산율만큼 낮은 수치는 인류 역사상 경험해 본 적이 없다. 출산율은 한 여성이 평생 갖는 아이숫자를 말하는데, 2023년 0.72명을 기록하였다. 서울은 더 낮아 0.55명을 기록하고 있다.

최민호

「한국크리스천문학」 등단, 국무총리 비서실장, 행정중심복합도시 건설청장, 행자부소청심사위원장, 충청남도 행정부지사, 홍익대 초빙교수(행정학 박사), 영국 왕립행정연구소 수료, 일본 동경대 대학원 졸업, 미국 조지타운대 객원연구원
현) 제4대 세종특별자치시 시장

1960년대까지 6명의 아이를 갖던 한국 여성들이 평생 0.72명의 아이를 갖는다면, 예를 들어 100명(50명의 여성과 50명의 남성)의 인구를 상상하면, 다음 세대에는 36명의 인구로 줄어들고(50명의 여성이 0.72명의 아이를 낳으니까).

이 같은 출산율이 진행되면 그 다음 세대는 13명, 그 다음에는 5명의 인구로 줄게 된다.

인구가 최소한 현상 유지되기 위해서 필요한 출산율은 2.1명이다

결국 2060년에 이르면 한국의 인구는 30%가 줄게 되어 불과 35년 만에 1,600만 명이 감소하게 되면서, 동시에 고령화가 진전되어 인구의 2분의 1이 65세 노인이 된다.

25세 미만 청년은 10명중 1명도 되지 않고, 영유아는 점점 더 줄어 인구 100명당 1명도 되지 않으며, 거리는 이상하게 조용하고, 밖에서 노는 아이들을 보기가 어렵게 되면서 텅 빈 도시와 마을이 속출하며 많은 노인들이 혼자서 살게 된다. 혼자서 살 뿐만 아니라 점점 빈곤에 시달리게 된다.

2023년에 노인인구의 40%는 빈곤선 이하의 생활을 하고 있지만, 이 비율은 점점 더 늘어나 노인들은 갈수록 가난하게 된다. 한국의 국민연금기금은 현재 약 7,300억 달러로 세계에서 가장 큰 펀드 중의 하나이지만, 2040년에는 기금성장이 멈출 수밖에 없고, 2050년에는 기금이 완전히 고갈될 것으로 보인다. 연금이 유지되려면 은퇴자 한 명당 최소 2~3명의 노동자가 필요한데, 2060년에는 15세 이상의 모든 사람이 일을 해도, 노인 1명당 노동자가 1명에 이르지 못한다. 그러니 노인들의 빈곤은 갈수록 심화되어 노인들이 일을 하지 않으면 자기 생계를 유지하지 못하게 된다.

2060년에 65세가 되는 노인들은 현재 30세의 젊은 이들이다. 결국 아이를 낳지 않겠다는 청년들의 미래는 가난하고 외로운 노인일 뿐이다. 이것은 마치 기차와 같이 갑자기 들이닥친다. 멀리서 소리가 들리고 그 다음 기차가 들어서는 것이다. 소리가 들릴 때는 이미 피할 때가 늦은 것이다.

한국은 이제야 기차 소리가 들리는 것 같다. 그간 저출산 문제에 안이하게 대처하다 서두르고 있지만, 때는 이미 늦은 것 같다.(South Korea is over.)"

정말 믿어지지 않고 믿기 어렵지만, 통계적으로는 정확한 내용이었습니다. 망연했습니다. 이미 알고는 있었지만, 외국에서 더 우리를 걱정하고 있는 것이 손에 잡히는 듯했습니다. 정말 걱정이 아닐 수 없습니다.

그러나 우리 청년들은 아직도 기차소리조차 듣지 못하는 것 같습니다. 여전히 지금의 자유와 수입이 계속

해서 지속되리라 생각하고 있는 것만 같습니다.

그래서 저는 작년부터 우리 세종시에서 젊은이들의 인연 만들기 사업을 시작했습니다. 세종시는 시민들의 평균연령이 39.1세로 전국에서 가장 젊은 도시입니다.

당연히 결혼 적령기의 선남선녀들도 다른 도시들보다 많습니다. 하지만 세종의 선남선녀들은 뜻밖에도 만날 기회가 없었고, 서로를 알아갈 시간이 부족했던 것 같습니다. 그래서 시가 나선 것입니다. 세종연결(世宗戀結), '세종에서 사랑을 이어준다'는 뜻입니다.

해가 갈수록 관심이 높아지고 있습니다. 지난해는 80명 모집에 326명이 지원하더니, 올해는 80명 모집에 597명이 신청했습니다. 저는 얼마 전 간부회의에서 세종연결 프로그램을 예산을 늘려서라도 횟수를 늘릴 것을 지시했습니다.

어려운 재정여건이지만, 유튜브에서 외국인이 지적한 것처럼 '막연히 어떻게 되겠지' 하는 소 닭 보듯 하는 대책으로는 불을 보듯 청년들의 미래의 불행과 빈곤이 실감되었기 때문입니다.

지난해보다 4배 정도 더 많은 인연 만들기를 진행하고자 합니다. 물론 규모뿐만 아니라, 내용도 더 알차게 준비하도록 할 것입니다.

　5월은 어린이 날, 어버이 날, 스승의 날, 부부의 날 등 사랑과 존경을 담은 가정의 달입니다. 가정은 사회의 기초 단위입니다. 가정의 밑바탕엔 사랑이 존재합니다. 사랑으로 결합한 남녀가 가정을 이루고, 자식을 낳아 사랑으로 양육하고, 부모의 사랑 속에 자라난 아이가 어버이를 공경하는 사회가 바로 기본이 바로 된 사회입니다. 모쪼록 세종연결(世宗緣結)을 통해 많은 청년들이 만남의 기회를 갖고 서로를 알아가며 평생을 함께할 수 있는 사랑을 만들 수 있기를 소망합니다.

　이 글을 쓰는 어린이 날 새벽, 아직 잠들어 있는 아내의 얼굴이 새삼 다시 보입니다. 예쁩니다. 꿈 많던 처녀가 제게 시집와 40년이 흘렀습니다.

　아이들도 어느덧 곱게 커서 부모가 되었습니다. 큰딸은 재산 밑천이라는 말이 맞기만 한 딸입니다. 거의 매일 아침 미국에 있는 아들 가족과 별 내용도 없는 시시한 영상통화를 합니다. 아내의 흰머리가 흘러간 지난 세월을 보여주는 것만 같습니다. '폭싹 속았수다.(너무도 수고 하셨습니다)' 사랑한다는 말이 저절로 흘러나오는 5월의 새벽입니다.

청년의 마인드를 품은 노인

최의상

사람들은 나를 늙은 사람으로 본다. 막상 늙은 축에 서는 젊은이로 취급한다. 늙은이의 기준을 대부분 나이로 정량화하여 65세 이상을 노인으로 취급하는 것을 전철에서, 국립공원에서 느낄 수 있다.

우선은 용모로 판단한다. 머리가 빠져 있고, 얼굴에 주름살이 있으며 옛날 옷을 입은 모습과 허리가 구부정할수록 늙음의 깊이는 더 심하다. 청년과 노인의 기준에 대하여 알아보자.

시드니 그린 버그라는 작가의 '청년과 노인'이라는 글이다.

최의상

「서라벌문예원」 시 등단
시집/아름다운 사람이 사는 곳을 향하여
〔공저〕「문학의 뜨락」 6.7.8집
초등학교 교장 정년퇴임

사람을 먼저 믿으면 청년이고
사람을 먼저 의심하면 노인이다.

고난도 즐거워한다면 청년이지만
고난을 피하려 한다면 노인이다.

새로운 생각을 즐긴다면 청년이고.
그러나 관습만 따르는 사람은 노인이다.

미래를 생각한다면 아직은 청년이고
과거만 떠올린다면 분명 노인이다.

꿈을 꾸는 사람은 나이와 상관없이 청년이 맞다.
그러나 꿈은 허황되다고 생각한다면 나이와 상관없이 언제나 노인이다.

청년과 노인은 생각에 의해 구분된다. 나를 가로 막고 있는 모든 불가능한 생각을 버리고 나이와 상관없이 희망을 품으면 청년인 것이다.

과거에는 환갑이 되면 노인 대접을 했으나 지금 시골에서는 60세는 청년회장을 맡고 있다. 전철 무료승차권이나 기초노령연금은 65세를 기준으로 주고 있으나 노인 취급 받는 것 그렇게 좋아하지 않는다.

　정부에서 70세 이상으로 노인 기준을 정하려고 하는 것 같은데 그 안에 찬성한다. 위의 예를 생각하고 청년과 노인 중 어느 쪽에 더 가까운 사람인지 체크해 본 후 늙은이에 가깝다면 지금부터라도 젊은이가 되는 사고방식으로 변화하도록 노력해야 한다. 의심하지 말고, 고난을 피하지 말고, 관습만 고집하지 말며, 과거에 너무 집착하지 말고, 장래의 꿈을 꾸는 노인으로 인식이 변화된다면 당신은 청년이 된 것이다.

　끝내 고집을 버리지 못하고 사람을 믿지 못하고 고난을 떠넘기거나 피하고, 옛날 타령으로 전통만 고집하고, 과거의 명예와 권위만 내세우다 보면 꼰대라는 소리나 듣게 된다. 그리고 나 자신이 나를 위하여 미래에 꿈이 있는가 생각해 본다. 꿈이 없는 나라와 국민은 멸망으로 행진하고 있는 것이다.

　그러기에 나라의 지도자들은 국민에게 꿈을 심어주어야 한다. 한 예로 들면 6.25전쟁으로 국토는 초토화 되고, 각 나라의 원조로 강냉이 죽을 먹고 헐렁한 옷을 입고 거리는 걸인들이 횡행하던 시절 한 지도자는 "우리도 한 번 잘살아보세"라는 꿈을 심어 주어 오늘 이 나라가 세계 사람들이 부러워하는 나라를 만들게 되었다.

　미래에 대한 꿈이라는 것은 죽어가는 사람을 살리는

것이다. 이처럼 늙은이들도 꿈이 있어야 한다. 꿈이 없는 늙은이는 송장과 같다.

미래의 꿈은 늙은이를 청년으로 만들고, 죽어가는 나라를 힘차게 전진하는 나라를 만들게 한다. 지금 우리나라는 꿈이 없다. 총선에서 이기겠다는 권력자들의 아우성이 있을 뿐 국민에게는 신선한 꿈이 없다는 것이 이 시대를 암울하게 만들게 된다.

지금 노인들은 잉여인간 취급을 받고 있다. 노인들을 부양할 청년들이 무거운 짐을 지고 있다는 것이다. 사람이 늙었다는 것은 유년, 소년, 청년, 장년을 다 겪고 오늘의 늙은이로 남게 된 것이다.

이것은 인위적인 것이 아니라 우주의 원리이기 때문에 탓할 일이 아니다. 왜 늙어서 젊은 우리에게 짐을 지우느냐 할 수 있는 것인가. 노인을 기피의 대상으로 보기 전에 신성한 공동체의 일원이라는 것을 잊어서는 안 된다. 노인 없는 국가가 있는가. 묻고 싶다.

그렇다면 이 노인들에 대한 대우를 충분히 국가에서 책임져야 한다. 그러나 국가가 책임 져 주기 전에 노인 스스로 늙은이가 되지 말고 늙었으나 청년의 기백으로 살아 국가에 일조해야 한다.

이런 우정

유관지

핸드폰의 벨이 울린다. 덮개를 열어보니 발신자가 K 의 부인이었다. 그쪽에서 먼저 전화하는 일은 거의 없었기 때문에 웬일인가 싶었다. '가만, 아들들은, 그래 K가 살아 있을 때 둘 다 장가를 보냈지…. 무슨 일일까?' 하면서 "오래간만이네요. 반갑습니다." 했다.

"저, 혹시 어디 편찮으시지 않으셔요?" 한다.

목소리에 근심이 어려 있는 것 같았다.

"아니요. 그런대로 괜찮게 지내고 있습니다."

"그럼 됐어요. 궁금해서 전화했어요. 안녕히 계셔요."

나도 안녕히 계시라고 하고 덮개를 닫으려다가 '앗차!' 했다. '어제였지, 기일이!', 바로 발신 키를 눌렀다. 그리고 어제를 그냥 보낸 것을 사괴했다.

유관지

1979년 수필집 「차장(車掌)의 미소」로 등단, 다락방(이화여대) 기독교문학연구원장 역임, 극동방송 재직, 7권의 수필집이 있음, 현재 북녘교회연구원장, 용산감리교회 원로목사

부인은 괜찮다고, 해마다 기일이 되면 빠짐없이 전화를 주셨는데 올해는 처음으로 그렇지 않아서 혹시 어디 아픈 것이 아닌가 염려되었다고 한다.

조금 복잡한 일이 생겨서 그대로 넘겼는데 어제는 K의 11주기였다. 부인이, '10주기가 지났으니 이제는 전화 그만 하기로 마음먹은 것 아닌가?'고 오해했을지도 모르겠다고 생각되어 염려되고 더 미안스러웠다.

K의 기일과 몇 주기인가를 잘 기억하게 되는 것은 세월호 사건 때문이다. 안성에 있는 천주교 묘지에 K가 안장되는 것을 지켜보고 허전한 마음을 달래며 집으로 돌아오는데 카라디오에서 세월호 조난 소식이 쏟아지기 시작했다. 그래서 해마다 세월호 이야기가 나오면 K를 기억하고 사건이 일어난 날짜의 사흘 전에, 그러니까 K가 세상을 떠난 날에 그의 부인에게 전화를 걸어 안부를 묻는 일이 연례행사가 되어 있다.

K를 처음 만난 것은 근 60년 전, 대학 시절이었다. 교내 방송서클의 멤버가 되었는데 전통이 있고 활발하게 활동하면서 이름을 대면 누구나 알 수 있는 방송계 인사들을 여럿 배출해낸 곳이었다.

그런데 그때 그 서클에서 내 입장이 많이 어색했다. 1학년을 마치고 3년간 군복무를 하고 복학을 한 다음에 들어갔기 때문에 대부분의 멤버들이 학번과 나이는 서넛 밑이었지만 서클 경력으로는 선배였기 때문이었다. 얼마 있지 않아 그 서클의 대표가 되었는데 이런 이유 때문에 일하는데 애로가 많았다. 그런 가운데에서 K는 군말 없이 나를 형이라고 부르며 도와주었다. 자연스레 그와 가까이 지내게 되었는데 그의 순수한 성품에 마음이 끌려 어느 사이에 단짝이 되었다.

졸업반이 되면 서클 활동에서는 손을 떼게 되는데 그때도 둘은 자주 만났다. 졸업을 앞두고 장호원에 있는 그의 집에 가서 하루를 묵은 일도 있었다. 장호원에는 한참 뒤에 한 번 더 갔다. 그의 집안에 초상이 나서였는데 그날 눈이 많이 와서 오가기가 참 힘이 들었다.

졸업 후 먼 지방에 있는 고등학교에서 국어교사 생활을 시작했는데 둘째 해 크리스마스에 K가 찾아왔다. 얼마 전에 그 지방의 아가씨와 약혼을 했는데 그걸 축하하기 위해서였다. 셋이서 그 부근의 경치 좋은 곳을 찾아갔는데 그날 서울 명동 부근의 큰 호텔에서 화재가 발생해서 방송에서 계속해서 그 소식을 전하고 있었다. 눈으로는 냇물과 바위와 산과 정자가 어우러진 경치를 보면서 귀로는 들고 간 트랜지스터에서 흘러나오는 화재 소식을 듣다가 읍내로 돌아왔다.

두어 해 뒤에 그가 동향의 아가씨와 약혼을 하게 되었다며 약혼식 사회를 부탁해 왔다. 내 약혼을 축하하러 먼 데까지 온 일을 생각하며 정성껏 준비했다.

그 얼마 전에 나는 방송사로 일터를 옮겼다. 대학 시절에 방송서클에서 일한 경력 덕분에 그렇게 되었는데 그 방송사는 공산권 선교를 목적으로 설립된 기관이었다. 거기에서 그 일을 하면서 감동적인 일들을 많이 겪었고, 그 때문에 머리가 희어질 대로 희어진 지금까지 그 일을 계속하고 있다.

전자공학을 전공한 K는 통신장교로 군복무를 마친 후 잘 알려진 어느 외국계 전자회사에 입사해서 정년까지 일했다. 젊은 시절에 둘이 같은 아파트 단지에서 한동안 같이 살아서 아이들도 그를 잘 알게 되었다. 그 뒤 사는 곳이 달라지고 둘 다 바쁘게 일하느라고 자주 만나지 못했는데 한 번은 전화를 나누다가 이런 대화를 나눴다.

"거리에서 당신이 일하고 있는 회사의 제품 광고물을 보다가 당신을 생각할 때가 종종 있지!"

"나는 라디오의 다이얼을 돌리다가 그 방송이 흘러나오면 형을 떠올리며 잠시 주파수를 고정해 둔다고요!"

그런 K가 가볍지 않은 병을 만나게 되었다. 처음에는 치료 끝에 치유가 되었다고 해서 다행이다 싶었는데 재발을 했다고 한다.

둘째 아들이 충청도 어느 도시에서 치과의원을 개원

했는데 K 내외는 아들 뒷바라지와 정양을 겸해 그리로 이사했다. 마침 그 가까운 곳의 학교에 출강을 하고 있어서 강의를 마치고 찾아간 일이 있었다.

둘 다 이순을 넘긴 다음의 일인데. 모처럼 부부동반으로 저녁식사를 하게 되었다. 그 자리에서 K의 부인을 보며 이런 말을 했다.

"이거, 설교 같은 이야기를 해서 미안하지만 사람의 일생이라는 것은 어느 보이지 않는 손길에 의해 이끌리는 법이거든요. 나는 내가 살아온 길을 돌아보면서 그걸 '정교한 인도'라고 불러요. 그 보이지 않는 손길이 정확하고 치밀하고 때로는 교묘하게 이끈다는 뜻이지요. 학생 때 그 서클에 들어간 것도 그런 일 가운데 하나라고 나는 분명히 믿고 있어요. 그것이 지금까지 빠져나오지 못하고 있는 일의 첫 단추가 되었으니까…. 아시겠지만 그때 부군의 도움을 참 많이 받았지요."

K가 내게 참 중요하고 고마운 존재이고 그래서 우리의 우정이 더 아름다운 것이라는 사실을 이렇게 알려주었다. K는 옆에서 웃기만 했는데 그 웃음이 환하게 느껴졌다. 그 뒤에 임종대기 병실을 몇 번 찾아간 것을 제외하면 그것이 마지막 만남이 되었다.

그가 세상을 떠난 후 해마다 기일이 되면 그의 부인에게 전화를 하는데 그때마다 K가 성실하고 알차게 살던 모습이 다시 떠오르고 그가 그리워지곤 한다. 그러다가 이번에 '깜빡!' 하는 사고를 낸 것이다.

나는 친구 복이 별로 없다고 생각하고 있다. 사람을 잘 사귀지 못하고, 친하게 지내던 사이였는데 시간이 지나면서 멀어지거나 심지어는 좋지 않은 일이 생기거나, 사이가 틀어진 경우를 몇 번 겪었다. 그런데 어느 모임에서 이런 이야기를 했더니 "나도 마찬가지야!" 하는 답이 몇 사람에게서 돌아왔다.

비록 대면은 할 수 없는 처지가 되었지만 이렇게 아름다운 기억이 살아 있고 그 기억을 때때로 반추하고 있는 이런 우정도 아름다운 것이라고 여겨진다. 이런 우정을 오래 간직하고 싶다. 지금까지는 수첩에 K의 기일을 적어놓지 않았다. 그가 내 곁에 없다는 것을 못 박아 표시해 놓기가 싫어서였다.

내년 수첩에는 그의 기일부터 적으려고 한다. 올해 한 실수가 재발되는 것을 막기 위해서이지만 그보다는 K와의 우정은 이제는 만날 수 있고 없고를 뛰어넘은 그런 것이 되었다고 생각되어서이다.

남의 슬픔을 도둑질하는 사람들

이주형

두 사람의 도둑이 죽어서 염라대왕 앞에 섰다. 한 사람의 도둑은 남의 재물을 훔쳤다는 죄목으로 지옥행의 판결이 내렸고, 또 다른 한 사람은 남의 슬픔을 훔쳤다는 이유로 천당행이 결정 되었다. 여기서 남의 슬픔을 훔쳤다는 것은 무엇을 말함일까? 그 의미를 생각해 본다.

인도 전부를 주어도 바꾸지 않겠다며 영국이 보배처럼 아끼는 인물이 셰익스피어다. 셰익스피어의 위대함은 작품의 재미와 더불어 인간 내면의 고통을 날카롭게 파헤치는 통찰력과 곳곳에서 번뜩이는 예지 때문이다. 그의 작품 햄릿, 오셀로, 리어왕, 맥베드의 넷을 일컬어 4대 비극이라 칭한다.

이주형

서울농대 졸업, 연세대학원 수료, 한국문협 회원, 한국예총 고양지부부회장, 수필집 「거북이 인사냉」, 「진 · 간 · 꼭」

　'햄릿'에는 많은 사람들의 입에 오르내리는 유명한 대사가 있다. '살아야 하는가, 아니면 죽어야 하는가, 그것이 문제로다!'

　맥베드 4막 3장에도 한 대사가 나온다. 나는 개인적으로 햄릿에 나오는 것보다 더욱 값진 대사라고 확신한다. 고통과 어깨동무하고 평생을 살아가야 하는 인간 군상에게 주어진 최대, 최고의 처방전이기 때문이다. 대사의 내용은 이렇다. "그대의 슬픔을 말로 표현 하게나! 언어의 옷을 입지 못한 슬픔은 짓눌린 심장에게 속삭인다네. 터져 버리라고, 무너져 버리라고!"

　슬픔에 겨워 가슴앓이를 하는 사람들을 보라. 그들의 겹친 슬픔은 우울증과 화병, 그리고 정신질환으로 이어지며, 일부는 자살로 생을 마감하기도 한다. 경찰청 통계에 의하면, 지난해 우리나라는 하루 평균 36명이 자살했다고 한다. 교통사고 사망자보다 높은 숫자다. 사연이야 구구하지만 그 뿌리에는 감당키 어려운 슬픔이 도사리고 있다. 누군가에게 하소연이라도 할 수 있었다면 생명의 끈을 붙잡을 수도 있었으리라. 생명의 전화, 사랑의 전화, 자비의 전화는 바로 그들의 슬픔과 만나기 위해 24시간 운영되고 있는 봉사단체다. 이곳 상담원들은 타인의 슬픔을 훔치기 위해 근무하는 자원 봉사자들이다.

　　1976년 9월의 어스름한 저녁, 다리를 절며 깡통을 들고 움막으로 들어가는 초라한 거지 노인이 있었다. 움막 안에는 폐결핵으로 뼈만 앙상하게 남은 여인과 영양실조로 제대로 서지도 못하는 아이, 그리고 알코올 중독으로 폐인이 된 성인 남자가 있었다. 노인은 성치 않은 몸으로 가족도 아닌 이들을 위해 오랜 세월 동냥을 다녔다. 바로 '얻어먹을 수 있는 힘만 있어도 누군가를 도울 수 있다'는 귀한 교훈을 안겨준 최귀동 노인의 이야기다. 용담산 기슭에 있는 노인의 거지 움막은 오늘의 꽃동네가 만들어진 터전이었다.

　　나는 지난 해 말, 생명의 전화에서 1000시간의 상담 패를 받았다. 대략 사천 명 정도의 사람과 상담을 한 셈이다. 그들은 가슴에 억눌린 한과 슬픔으로 괴로워했고 죽고 싶다는 사람들도 많았다. 가까운 친지들에게도 털어놓지 못할 슬픔이 그들을 지옥의 문 앞으로 이끌고 있었다. 단테의 신곡에서 말하기를 지옥의 문 위에는 '희망이 끊어진 곳'이라는 간판이 붙어 있다고 했다. 나는 상담을 통해 그들과 함께 고통을 느끼며 그들 혼자의 힘으로 감내하기 어려운 슬픔을 같이 나누려고 애를 썼다.

　　지난해 9월 통계청 자료에 따르면 우리나라는 한 해 12,174명이 자살을 했다. 인구 10만 명당 24.5명이 자살한 셈이다. 연평균 자살자의 숫자는 10만 명당 21.5명으로 경제협력개발기구(OECD)의 평균보다 두 배나 많다. 사는 형편이 나아졌다고는 하나 오히려 자살자는 증가하니 심각한 사회문제가 아닐 수 없다.

멀쩡하게 대학에 다니던 아들이 갑자기 스스로 목숨을 끊은 사건이 있었다. 이로 인해 아버지의 삶도 엉망진창이 됐다. 그는 생명의 전화에 전화를 걸어 많은 것을 기대한 아들이었다며 그는 "나도 죽었어야 하는데"라며 끊임없이 자책했다. 남편을 잃고 충격에 빠진 아내도 있었다. 남편이 목을 맨 뒤에야 빚 문제로 괴로워했음을 알았다. 그녀 또한 '고통을 나누었어야 했는데…'라며 자책감에 시달렸다.

자살자는 그 혼자만의 문제로 끝나지 않는다. 유가족에게도 치명적 상처를 안겨준다. 남은 가족들은 죄책감으로 시달린다. 자살자 유족 대부분이 충격으로 인해 수치감과 분노의 혼란에 빠진다. 특히 이들은 자신도 따라 죽고 싶다는 생각에 휩싸여 2차 자살 위험에 노출된다. 세계보건기구의 자살예방 지침서는 "자살은 파급 효과를 갖고 있어 자살과 관계가 있는 모든 사람이 상실감을 느끼게 된다."고 했다. 한 명이 자살할 경우 그 영향을 받는 사람은 5~10명"이라고 밝히고 있다.

고통 없는 삶이란 불가능한 것일까? 그들 슬픔과 만나면서 나 자신도 때때로 허우적거렸다. 내가 좀 더 지혜로워 그들의 고통을 일거에 물리칠 수 있다면 얼마나 좋을까. 자신의 능력 없음과 왜소함이 부끄러울 때가 한두 번이 아니었다. 그렇지 못한 답답한 현실이 내게는 참담한 아픔이고 고통이었다. 이 때문에 여러 번 중도 포기를 생각하기도 했었다.

그럴 때마다 나를 붙들어준 두 개의 기둥이 있었다. 맥베드에 나오는 대사와 '얻어먹을 수 있는 작은 힘만 있어도……'라는 최기동 노인의 말이었다. 슬픔에 쌓인 그들의 심장에 작은 숨구멍을 열어 주었고, 내 미약한 힘이나마 일조를 했노라고. 흘러내리지 못한 눈물은 가슴에 쌓인다고 하지 않던가. 가슴에 물이 고이면 끝내는 익사 지경에 이르리라. 그들의 한 맺힌 가슴에 희망의 바람이 통하여 새싹이 돋기를 소망하며 간절히 기도할 뿐이다. 신은 인간에게 일어서는 법을 가르치기 위해 넘어뜨린다고 했다. 나 또한 허탈감을 딛고 일어서서 남의 슬픔을 도둑질하는 대열에 동참하리라 다짐하며 생명의 전화기를 힘주어 잡는다.

노년은 이 시대의 섬인가

최원현

어느 날부터 생각이 많아졌다. 생각이 많아졌다는 것은 삶이 가벼워졌다는 뜻이 아니라 오히려 쉽게 밀어낼 수 없는 무게가 되었다는 신호일지도 모른다. 젊을 때는 생각이 오기도 전에 몸이 먼저 움직였고, 이유를 묻기 전에 결과를 향해 달렸다. 그러나 나이가 들수록 세상은 빨라지는데 나는 느려지고, 그 속도의 차이만큼 사유가 늘어난다. 생각은 깊어지지만 그것을 건너갈 다리는 점점 사라진다. 이것도 나이 듦의 증세일까.

노인(老人)을 두고 쓸모없는 사람, 용도 기한이 끝난 사람, 더는 힘을 쓸 수 없는 존재라고 말한다.

최원현

《한국수필》로 수필, 《조선문학》으로 문학평론 등단. 한국수필창작문예원장·사)한국수필가협회 명예이사장. 사)한국문인협회 부이사장(역임)·국제펜한국본부·국립세계문자박물관·범우문화재단 이사. 한국수필문학상·펜문학상·한국문학상 수상 외, 수필집 《날마다 좋은 날》 《그냥》 《누름돌》 등 25권, 중학교 《국어1》 《도덕2》에 수필, 고등학교 《국어1》 《문학상》에 수필 이론 실림.

　자본과 생산성의 언어로만 세상을 재단하는 시대에서 노년은 자연스럽게 주변부로 밀려난다. ‘쓸모’라는 단어가 인간에게 붙는 순간, 인간은 이미 물건의 반열로 내려온다. 유통기한이 지나면 폐기되는 것이 당연한 것처럼, 늙음 또한 조용히 퇴장하라는 신호로 읽힌다.

　노년은 언제부터 인간의 상태가 아니라 기능의 잔여물처럼 취급되었을까. 쓸모가 있다는 말 속에는 언제든 쓸모없어질 수 있다는 전제가 숨어있다. 인간을 용도로 판단하는 사회에서 늙음은 자연스럽게 유효기간의 끝자락에 놓인다. 아직 숨 쉬고, 아직 생각하고, 아직 기억을 품고 있음에도 불구하고, 사회의 시선은 이미 다음 페이지로 넘어가 있다.

　그러나 노년의 시간은 그렇게 서두를 수가 없다. 어떤 땐 하루가 더 길어지고, 그 길어진 시간 속으로 생각들이 스며든다. 그것들은 종종 질문의 형태로 남는다. 나는 아직 여기 있는가, 아니면 이미 지나온 사람이 되었는가.

　나이가 들수록 자괴감조차도 큰 소리로 오지 않는다. 그것은 작은 균열처럼 일상 속에 생긴다. 말끝을 흐리게 만들고, 손을 먼저 내밀기보다 슬그머니 주머니에 넣게 한다. 괜히 방해가 될까, 지금 이 말이 필요한가를 스스로에게 묻다 보면, 말하지 않는 것이 습관이 된다. 그렇게 노인은 점점 말 없는 사람이 되고, 말 없는 사람은 어느새 외딴 섬이 된다. 누구에게도 쫓겨나지 않았는데, 스스로 물러난 자리에서 망망 바다를 바라보고 있는 셈이다.

"노인 한 명이 사라지면 박물관 하나가 사라진다"는 말이 있다. 처음 들었을 때는 소중한 존재처럼, 위로처럼 들렸다. 그러나 곱씹을수록 그 말은 노년을 살아 있는 현재가 아니라 보존해야 할 과거로 밀어낸다. 박물관은 귀중하지만 박물관 속 유물은 더 이상 현재를 산다고 말하지 않는다. 그것들은 설명되어지고, 해설되어지며, 침묵 속에 놓인다. 만약 노년이 박물관이라면, 그곳에는 질문보다 해설이 많을 것이다. 그러나 늙음은 결코 설명만으로 끝나지 않는다. 늙음은 여전히 묻고 여전히 흔들린다. 노년을 박물관에 비유하는 말 속에는 이미 '현재로부터의 퇴출'이 은근히 포함되어 있는지도 모른다.

손자들의 눈에 할아버지는 어떤 존재일까. 빠르지 않고, 최신이 아니며, 설명이 길고 반복이 많은 사람일 것이다. 스마트 폰보다 느리고, 게임보다 재미없고, 유튜브보다 말이 긴 사람일지도 모른다. 그러나 아이들은 본능적으로 안다. 빠르지 않아도 되는 시간이 있다는 것을, 쓸모가 아니라 존재 자체로 함께 있어도 되는 순간이 있다는 것을. 다만 그 시간을 만들어 주지 않는 것이 이 시대다. 노년과 유년이 만날 틈을 허락하지 않는 사회 구조 속에서, 할아버지의 존재는 점점 희미해진다. 그러나 아이들은 안다. 느린 시간이 품고 있는 안정과, 쓸모로 환원되지 않는 관계의 온도를. 다만 그 시간이 함께 머물 자리를 잃었을 뿐이다. 오늘의 사회는 세대가 만날 공간을 점점 줄이고, 각자의 속도에 각자를 가두어 둔다. 노년은 그래서 더욱 섬이 된다. 연결되지 않아서가 아니라 연결할 이유가 사라졌다는 이유로. 사회 속에서 노인의 자리는 늘 불안정하다. 존경은 관념으로 남아 있고, 현실은 관리의 대상이 된다. 노인은 보호받아야 할 존재이지 대화의 주체로 잘 호명되지 않는다. 말은 하지만 결정하지 못하고, 살아 있지만 중심에 서지 못한다. 현재를 말하는 언어가 허락되지 않을 때, 인간은 쉽게 과거형으로 밀려난다.

그럼에도 불구하고, 늙음은 비어있는 시간이 아니다. 오히려 나이 듦은 삶이 자신을 돌아보는 방식이 바뀌는 과정이다. 바깥으로 향하던 시선이 안으로 접히고 성취 대신 의미를 묻는다. 늙음은 속도가 느려지는 것이 아니라, 방향이 달라지는 일이다. 더 멀리 가기보다 더 깊이 들어가는 시간이다.

문학은 그 깊이를 기록하는 언어다. 그래서 문학 특히 수필은 언제나 노년과 친하다. 문학은 젊음의 승리를 노래하기보다 지나온 시간의 결을 어루만진다. 실패와 상실, 기다림과 후회의 무늬를 문장으로 바꾸는 일은 오직 오래 살아본 사람만이 할 수 있다. 몸은 늙지만 언어는 늙지 않는다. 경험은 시간이 지날수록 사라지지 않고 오히려 문장으로 응축된다.

냉정히 말하면 노인은 여전히 이 시대의 섬이다. 그러나 섬은 고립의 상징이기만 한 것은 아니다. 섬은 방향을 가늠하는 표식이며 돌아갈 수 있는 좌표다. 항해자에게 섬은 끝이 아니라 기준점이다. 노년이 다시 섬으로 읽히기 위해서는 버려진 땅이 아니라 사유의 지형으로 이해되어야 한다.

나는 오늘도 이 섬에서 생각한다. 그리고 쓴다. 누군가 이 글을 통해 잠시 속도를 늦추고 노년이라는 섬을 다시 바라본다면 그걸로 충분하다. 늙음은 사라져야 할 단계가 아니라 삶이 자신을 깊이 이해하기 시작하는 방식이기 때문이다. 노년은 끝이 아니라, 아직 다 말하지 못한 문장들이 남아 있는 시간이다.

착각

신외숙

춘천 여행을 하다 마을금고 앞에 있는 안내판을 보았다. 여러 기관명이 있었는데 그 중 눈에 띄는 글자가 있었다. 대한영양사협회 지부 강원도 영양사회라고 적혀 있었다. 순간 젊었을 때 내 직업이 떠오르면서 취업할 용기가 생겼다. 그러다 아차! 했다. 내 나이를 깜빡한 것이다. 퇴직연령이 지나도 한참 지난 60대 중반을 넘어선 것을 순간적으로 깜빡한 것이다.

순간순간 나이를 잊고 행동할 때가 얼마나 많은지 모른다. 말로는 늙었다고 하면서도 마음은 여전히 청춘이다. 흔히 노인들이 하는 말이 있다. 몸은 늙어도 마음은 청춘이다, 마음은 어리다라고.

신외숙

「한국크리스천문학」 등단, 창작집 『그리고 사랑에 빼앗긴 자유』, 장편소설 『여섯 번째 사랑』, 에세이집 『바람이 불어도 가야 한다』 순수문학상. 엽서 문학상 수상

그 말을 남의 이야기로 알고 살았다. 나이 값 못하고 과한 행동을 하는 사람들을 보면 속으로 얼마나 흉을 보았는지 모른다. 이제 노령기에 접어든 나는 그들 못지않게 착각과 실수를 반복하고 산다. 얼마나 우세스러운지 모른다. 특히 여행을 하다 보면 나이를 잊고 젊었을 때 기억으로 회귀할 때가 많다.

몇 달 전만 해도 시골 초등학교를 바라보면서 영양사로의 재취업을 생각했다. 대학졸업하고 처음 취업한 곳이 시골 초등학교였기 때문이다. 지금은 법이 바뀌어 학교 영양사를 하려면 교육학을 이수해야 하고 병원 영양사는 대학원을 졸업하고도 2년마다 자격증을 갱신해야 한다.

내가 근무할 40년 전에 비해 취업문은 엄청 넓어졌다지만 자격증을 취득하는 과정은 무척 힘들어졌다고 한다. 대학 때 전공을 까마아득히 잊고 소설작가로 생활한 지도 30년 가까운 세월이 흘렀다. 그런데 다 늙은 나이에 젊었을 적 전공을 살려 취업할 생각을 하다니 스스로 생각해도 너무나 어이가 없었다.

그깟 자격증이 뭐 그리 대단하다고 60대 중반을 넘어서 70을 바라볼 나이도 취업을 꿈꾸다니 나가도 한참 잘못 나간 것이다. 가끔 후회한다. 소설작가 대신 전공인 영양사 직업을 계속했더라면 지금보다 형편이 좋아지지 않았을까. 그러나 이건 순전히 잘못된 계산이고 착각이다.

영양사를 사직하고 나왔을 때 나 자신에게 한 다짐이 있었다. 길가에 앉아 장사를 할망정 차라리 막노동을 할망정 다시는 영양사 노릇은 하지 않겠다. 그러고 나서도 삶이 힘들어지니까 몇 번인가 재취업을 시도한 적이 있었다. 물론 번번이 실패였다. 그러다 나이 50이 되어 출장뷔페 영양사로 취업했다.

자격증을 담보로 알바하는 식이었다. 법이 많이 바뀌었을 뿐만 아니라 전문지식이 전혀 생각 안 나 업무 자체가 안 되었다. 이미 작가로 활동하던 중이었고 직원들도 모두 알고 있던 터라 부르는 호칭이 두 가지였다. 평소에는 영양사님이라고 했다가 기분에 따라 작가님으로 바뀌었다.

아무래도 좋았다. 둘 다 맞는 호칭이었으니까. 그곳을 나와서는 알바를 하면서 계속 작품활동을 이어 갔다. 알바를 쉬는 날에는 여행을 하는데 작품 구상하느라 그런지 몰라도 나이를 잊고 계속 착각을 하는 것이다. 꿈속에서도 영양사로 취업해 근무하는 불안한 꿈을 여러 번 꾸곤 한다.

그렇다면 내 무의식에 남아 있는 진짜 원하는 속뜻은 무엇일까. 그토록 진저리치며 싫어했던 직업을 왜 이제 와서 꿈꾸는 것인지. 내 열등감을 무마시키기 위한 것인지. 헷갈릴 때가 정말 많다. 가만히 생각해 보니 영양사로의 취업을 생각한 동기는 안정성 때문인 것 같다. 현재의 알바 자리는 절대 안정적이지 못하기 때문이다.

아무래도 영양사로 재직한다면 4대 보험이나 퇴직연금 등 혜택이 많고 중간에 해고될 염려도 적을 것이다. 공무원이면 더욱 안정적일 것이다. 사실 공무원으로 근무했을 때 급여가 적어서 그렇지 해고될 염려는 없었다. 두 달에 한 번씩 상여금도 있었고 무엇보다 안정적이었다.

지금 나이 60대 넘어 알바라도 하는 걸 천운으로 생각하며 감사하긴 하지만 불안정하긴 마찬가지다. 해마다 근무일수가 줄어들고 AI의 발달로 제일 먼저 사라질 직군에 속하기 때문이다. 평생 숙원인 소설작가의 꿈을 이루고 나름 성과(?)도 있었다고 자부하고 살았던 터라 영양사로의 취업은 꿈에도 없는 줄 알았었다.

그런데 그게 아니었던 모양이다. 재취업을 꿈꾸다니. 세상 살면서 남한테만 속은 줄 알았는데 이제 보니 나 자신에게도 속고 있었던 모양이다. 뭐 대단한 직업이었다고 아직까지 미련을 못 버렸단 말인가. 나 자신에게 속고 나이에 속고 믿을 건 오직 하나님 한 분뿐이다.

그러나 인생 여정 속에서 꿈을 꿀 수 있다는 건 참으로 감사한 일이다. 지금이라도 자격증 하나 내밀고 취업하려고 하면 불가능한 일도 아닐 테니까. 이루지 못할 꿈이라도 꿀 수 있다면 그건 자유이고 희망이다. 다시 과거로 돌아갈 수 없다면 꿈이라도 왕창 꾸자. 그다지 손해 볼 일도 없을 테니까.

연인들의 도시 론다

최건차

스페인 수도 마드리드와 가톨릭의 성지 톨레토 그리고 세비야를 탐방했다. 이어서 건조한 들녘과 산간을 2시간여 달려 연인의 도시라는 론다에 도착했다. 이곳은 『노인과 바다』로 노벨문학상을 수상한 '어니스트 헤밍웨이'가 스페인 내전에 참가했던 전력을 되새겨 『누구를 위하여 종은 울리나』를 집필하는 동안 머물렀던 곳이다. 그가 작품을 끝내면서 론다를 사랑하고 그리워하는 마음을 담아, 이곳은 사랑하는 연인과 함께 꼭 와 보아야 할 곳이라는 말을 남기고 떠났다. 이에 헤밍웨이를 기념하기 위해 그의 흉상이 세워졌고, '연인의 도시'라는 별칭을 갖게 되었다.

최건차

월간 「한국수필」, 「창조문예」 등단, 수필집 『진실의 입』, 『산을 품다』 외, 한국문협한국수필문학가협회 이사, 수원 샘내교회 담임목사

론다는 절벽 위에 세워진 인구 3만 명 정도의 고원의 도시다. 안달루시아의 작은 소도시지만, 지대가 높아 늘 청명하고 서늘한 것 말고도 세비아에 버금가는 역사와 문화 전통으로 스페인의 캐릭터인 투우로 유명한 곳이다. 하얀 벽에 붉은 지붕을 한 2,3층의 집들이 빼곡히 들어선 거리의 바닥은 다듬은 뾰족한 돌로 깔려있고 톨레도 못지않게 미로가 많다. 마치 유치원생이 된 것처럼 주의를 받았는데도 한 커플이 한눈을 팔다가 일행과 분리돼버려 30여 분을 찾느라 지체했다. 연인의 도시에 온 기분을 살리려다 그리됐었거니 라는 마음으로 다독이며 투어를 계속했다.

연인의 도시 론다의 랜드마크는 '누에보 다리'다. 구시가지와 신시가지를 연결하기 위해 높이 90미터의 계곡에 세워져 있는 이 다리를 일행들과 건너보았다. 스페인은 가톨릭 국가다. 하지만, 안달루시아 지역은 이슬람의 무어인들이 오랫동안 지배하면서 영화를 누렸던 곳이라 그들의 역사와 문화가 깃들어진 건축물이 잘 보존되어 있다. 또한 유랑민족인 집시들이 가장 많이 모여 사는 지역이기도 하다. 그들의 춤과 음악으로 엮어진 '훌라맹고'의 정열적인 매력 때문에 외국 관광객들이 많이 찾아 들고 있다. 이 시간에도 관광객들이 모여들고 있는데, 우리는 2시간 후에 공연이 있다기에 가 볼 곳이 더 있는 관계로 유명하다는 투우장으로 갔다.

스페인에서 제일 먼저 생겼다는 투우장이 있는 광장에 이르렀다. 뿔을 고추 세우고 금방 달려들 것처럼 검은 황소의 조형물 앞에서 모두가 발걸음을 멈췄다. 6천 명이 관람할 수 있다는 론다의 투우장은 1785년 제1회 투우경기를 개최하면서 스페인 전 지역에 투우장이 생겨 스페인 관광의 아이콘이 되었다. 2000년대에 들어서면서는 동물보호 바람이 거세게 불어 닥쳐 여러 지방의 투우장이 축구장으로 바뀌었다. 그러함에도 기념비적인 이곳 론다 투우장만은 여전히 성황리에 운영되고 있으며, 매년 9월 4일에 열리는데 항상 년 전에 예약으로 매진된다고 한다.

스페인에서 투우경기는 농경의 풍요를 위해 생겼다. 소를 잡아 신께 제물로 바치는 종교의식에서 발생하여 소는 자연이고 인간은 그 자연을 정복하고 다스려야 한다는 의도에서 투우경기를 하게 되었다는 것이다. 현대 투우경기는 '카포테라'라는 붉은 천과 예리한 긴 칼을 가진 투우사가 사나운 소와 겨루는 경기다. 18세기의 프란치스코 로메로가 근대 투우의 창시자이며, 그의 손자 페드로 로메로는 무려 5천 마리 이상의 소와 대결하여 넘어뜨린 전설의 투우사로 알리어지고 있다.

투우경기는 6명의 투우사와 6마리의 성난 소와 한판의 승부다. 경기순서에 따라 투우사와 소가 1:1로 대결하는데 투우사가 다치는 경우도 있다. 소를 한낱 자연으로 보는 스페인 사람들의 사고와 정서는 용맹한 투우사가 사나운 소를 칼과 창으로 찔러 넘어뜨려 죽이는 게임을 즐기며 그걸 관광 상품화하고 있다. 더욱이 경기장에서 희생된 소는 비싼 값으로 레스토랑에 팔려나가 스테이크가 된다고 한다.

경기가 없을 때라 투우장을 먼발치로만 바라보고 헤밍웨이가 있는 곳에 이르렀다.

1943년 제작된 '누구를 위하여 종은 울리나(For Whom The bell Tolls)'는 전 세계 영화 팬들의 심금을 울리며 사랑을 받았다. 그 영화의 배경이었던 장소가 인근의 바위산과 계곡이라서 아련한 화면 속으로 빠져들면서 헤밍웨이를 살펴보게 되었다. 그의 흉상 아래에는 '미국 소설가 어니스트 헤밍웨이가 '누구를 위하여 종은 울리나를 썼다'라고 적혀 있다. 그 한 발짝 옆에는 1949년 작으로 냉전 시대 비엔나를 무대로 '제3의 사나이(The Third Man)'라는 첩보영화를 감독, 주연한 할리우드의 귀재 '오손 웰스'의 흉상과 기록이 적혀있어 그를 추모하며 눈여겨보았다.

남은 시간 '누구를 위하여 종은 울리나'의 마지막 장소로 추정되는 곳으로 갔다. 영화의 마지막 장면에서 사랑하는 로베르토(켈리 쿠퍼)를 애타게 부르며 절규하는 마리아(잉그리드 버그먼)를 떠올리며 영화해설을 리얼하게 해 주었다. 감동을 받은 일행들의 박수를 받고 레스토랑으로 옮겨 론다산 고급 와인과 스테이크로 만찬을 즐겼다. 헤밍웨이도 가고 영화를 만들었던 스텝들과 출연자들이 다 가버리고 없는 연인의 도시 론다. 나도 아련한 아쉬움을 접고 일행들과 '그라나다'로 향했다.

인생과 사랑
역대 철학자들이 남긴 말

김홍성

죽음에 대하여

죽음을 두려워하는 것은 어리석은 것이며 죽음에 대한 공포는 죄로 인한 것이다. 삶의 의미를 아는 사람은 죽음을 두려워하지 않고 죽음을 걱정하는 자는 인생을 즐길 수 없다.—칸트

히틀러가 세상에 산 것은 1세기지만 지금이나 그 때나 마찬가지다. 태양, 지구, 세상, 가지가지 형상들, 이런 것들은 하루 전이나 1세기 전이나 마찬가지이다. 오늘 있는 것이 내일도 있다. 죽음을 통해 육체는 땅으로 돌아가고 심령만은 경계 저 편으로 사라질 뿐이다.

김홍성

* 여의도순복음교회 22년 시무
* 기독교하나님의 성회 교단총무
* 현) 상록에벤에셀교회 담임목사

　태어난 날로부터 불안하고 고달픈 삶에 지쳐 있
는 인간도 더 살아야 한다는 사실에는 싫증을 내지
않는다. 뿐만 아니라 인간은 모두 더 오래 살기를
갈망한다. 환자나 고통이나 송장을 보면서 또 하나
의 세계를 인식하는 것을 두려워한다. 인간을 위해
서 종교의 힘이 필요하다.—라 부류이엘

　삶의 의미를 모르면 죽음을 두려워한다.—제이메

　죽음이란 개인주의로부터 해방되는 것이다. 개인
주의는 인간의 핵심적인 본질이기보다 인간의 본질
을 병들게 하는 것이다. 인간 본연의 상태로의 완전
한 부활이라고 할 수 있는 죽음의 순간이야말로 참
된 자유가 시작된다. 죽은 사람의 대부분이 평화스
런 표정을 짓는 이유는 분명히 여기에 있다. 선하게
산 자의 주검은 평온한 것이 보통이다.—쇼펜하우어

　사람이 죽음에 대한 공포를 가지는 감정은 삶의
내면적 모순에 대한 의식에 불과하다. 이는 환영을
보고 두려워하는 것이 정신병적인 의식에 불과한 것
과 같다.

　인생에 대하여 그릇된 생각을 가지고 있는 사람들이 냉정하게 판단할 수 있고, 올바른 사고를 할 수 있다면 이러한 결론에 도달할 수 있을 것이다. 즉 죽음이라는 육체적 변화는 모든 생명체 사이에서 일어나는 평범한 현상이다. 그것은 조금도 두려운 것이 아니라는 결론이다.

　삶이란 신이 내린 벌(罰)이라고 생각한 성자는 많았지만 건전한 두뇌를 가진 평범한 사람 중에 죽음을 벌이라고 한 사람은 없었다.―레싱

　죽음은 밤이 오고 겨울이 오는 것 이상으로 피할 수 없는 철칙이다. 밤이나 겨울에 대하여는 대비하고 살면서 죽음에 대해서는 어찌 대비를 하지 않는가? 죽음에 대한 대비는 하나밖에 없다. 그것은 선한 인생을 사는 것이다. 선한 삶을 살면 살수록 더욱 죽음은 무의미하게 되고 죽음의 공포도 사라질 것이다. 성자에게 죽음은 존재하지 않는다.

사랑에 대하여

사랑은 선한 사람은 물론 악한 사람까지도 천사를 만든다. 사랑이 미치는 곳에는 마치 모든 사람한테 똑같은 마음과 똑같은 넋이 있기나 하듯 아름다운 변화가 일어난다.

그러나 사랑이 떠나고 서로의 사이가 좋지 못하게 되면 모든 것은 망쳐 버린다. 사랑만큼 화평을 이루는 것도 없지만 도덕만큼 이교도를 교화시키는 것도 없다.

사랑이 메마른 곳에는 이교도와 마귀의 유혹이 범람한다. 사랑 없이 원수를 사랑하라고 설교하거나 고리채를 놓거나, 약탈하거나, 증오심을 불태우거나, 같은 종족을 짐승 대하듯 한다면 누가 그 설교를 경청하겠는가.

기독교도가 죽음을 앞에 두고 떨고 있는 모습을 보인다면 어찌 불사(不死)를 가르친 말씀을 믿겠는가? 정염의 노예가 되어 있는 것을 보면 이교도의 가르침을 따라갈 것이다.―요한 조로아스터

하필 허당에 빠진 국자 / 충청도 사투리로 쓴 명랑소설

넷째 남자 (10)

껍데기만 보는 눈

하우가 밝게 웃으며 소리쳤다.

"아아, 기분 짱!"

"짱이 뭐여?"

"오빠, 나 오늘 휴가 받았다."

"휴가가 뭐여?"

"내 시간 내 맘대로 쓰는 거."

"그럼 나는 날마다 휴간가베?"

"오빠는 휴가를 자진 반납하고 살잖아?"

"거 뭔 소려?"

"오빠는 누가 이래라 저래라 하지 않는데도 우리 곳간에 와서 아무 조건도 없이 봉사하고 있잖아?"

심혁창

「아동문학세상」 등단, 장편동화 「투명구두」, 「어린공주」 외 50권, 한국문인협회, 사)한국아동청소년문학협회 회원, 한국크리스천문학상, 국방부장관상, 아름다운글 문학상 수상, 도서출판 한글 대표

"봉사가 무신 봉사여, 직업이 없으니께 놀이삼아 좋아서 하는 일이지."

"아무튼 좋아. 지금부터는 내가 운전을 할 테니 오빠는 내가 하는 대로만 해."

하우가 차에 올라 운전대를 잡았다. 할 수 없이 허당은 조수석에 앉았다. 운전 솜씨 좋은 하우는 차를 신나게 몰고 달렸다.

"어디로 가는 겨? 이쪽으로 가면 안 되는디."

"알아, 오빠."

차는 시내를 벗어나 서쪽으로 달렸다. 한 시간쯤 걸려 섬이 멀리 보이는 바닷가에 도착했다. 파도가 밀려왔다 밀려가고 바닷바람이 노래처럼 지나가는 모래밭으로 하우가 앞장서 걸었다. 허당은 하우 이마에 흘러내린 머릿결을 보고 참 예쁘다, 예뻐하고 생각했다.

마침 모래 밭 한 곳에 넓적한 바위가 있었다. 둘이는 바위를 타고 앉아 바다 끝에서 하얀 돛대를 달로 미끄러지듯 흘러가는 돛단배를 한동안 바라보았다. 하우가 먼저 입을 열었다.

"오빠, 기분 좋아?"

"뭐, 그렇지……."

"무슨 대답이 그래?"

"바다 끝으로 흘러간 맴이 돌아오질 안 혀."

"안 돼, 오빠 마음은 내 가슴 속에만 있어야 해."

허당은 생뚱맞은 대답을 했다.

"바다 끝 수평선 너머엔 사람들이 그리워하는 행복이 숨어 있을 것 가텨."

"오빠 맘은 내가 갖고 싶어."

"그건 안 돼야."

"왜 안 되는 거야?"

"우리는……."

허당이 말끝을 흐리다가 엉뚱한 소리를 했다.

"아까 그 잘생긴 직원을 아저씨가 보시면 좋아할겨."

"그 직원?"

"내가 보기에 인물도 잘났고 똑똑한 사람으로 보였어."

"그런 건 겉물만 본다는 거야."

"그기 뭔 소려?"

"껍데기만 보는 눈이 있고 속만 보는 눈이 있는 거 몰라?"

"보기 좋은 떡이 맛있다는 말도 있잖여?"

"내가 사람 보는 눈은 달라. 그런 사람 트럭으로 주어도 노굿이야."

"그럼 어떤 사람이 좋은겨?"

"그건 내 맘에 가둬 놓고 싶은 사람."

허당은 조금 전에 하우가 '오빠 마음은 내 가슴 속
에만 있어야 해' 하던 말이 떠올라 고개를 저으며 다짐
했다.
'안돼, 그건 안 되는 거여, 나는 하우 상대가 절대
아녀, 아저씨가 아시면…….'
하우가 바닷가를 멀리 걸어가며 이야기하자고 했지
만 허당은 따르지 않고 말했다.
"너무 늦게 돌아가면 아저씨헌티 지청구 맞어. 바다
구경했으니 그만 돌아가."
허당은 하우한테 전혀 관심이 없는 사람처럼 태연했
지만 속은 하우하고 마음껏 뒹굴며 놀고 싶었다. 그렇
지만 둘 사이를 떼어놓으려는 하필의 마음을 알기 때
문에 하우 맘을 알면서도 모르는 척했다.
결국 하우는 허당이 돌아가자는 고집을 못 이기고
바다를 떠나 책 곳간으로 돌아왔다. 그렇지 않아도 하
필은 허당과 하우가 차를 같이 타고 가게 한 것을 후
회하고 있던 터였다.
두 사람이 무사히 돌아온 것을 보고 하필이 물었다.
"책 납품은 잘 하고 온 겨어?"
"야."
허당이 수그리고 대답하자 하우는 골이 난 얼굴로
말했다.

"나 오빠하고 같이 안 다닐 거야."

하필은 그 소리가 은근히 마음에 들었다.

"왜 그려어? 뭐 허당이 허튼 수작이라도 한 겨어? 그런 건 아니지이?"

"다음서부터는 주문 책이 많을 땐 아빠하고 같이 갈 거야."

"그건 안 돼야. 난 무거운 책 못 들어날러."

하우는 속으로 쾌재를 불렀다. 그래야 다음에도 허당하고 같이 차타고 놀러 갈 수 있기 때문이었다.

그렇게 즐거운 하루가 간 다음 날, 허당은 고서 두 권과 동화집 「헌책방 할아버지」를 봉투에 담고 「키다리 바보 삼촌」 두 권을 챙겨 들고 서울로 갔다. 큰 빌딩 앞에 나타나자 경비실장이 달려왔다.

"이제 오시오? 기다렸소."

"뭔 일 있나유?"

"뭔 일은 뭐, 동화책을 가져왔나 해서지요."

"동화책이 그렇게 좋아유?"

"말도 마소. 우리 애들이 동화책을 가져다주었더니 얼마나 좋아하는지 몰라요."

"그려유?"

"애들이 동화가 아주 재미있다고 또 가져오라는구려."

"알았사유. 많이 가져다 드릴게유."

허당이 똑같은 동화책 두 권을 내주자 실장이 물었다.

"오늘도 똑같은 책이오? 김씨는 이런 책 별로 좋아하지 않던데. 김씨한테 내가 전해 주라고요?"

"그러시면 하나는 제가 직접 드리지유."

"아니오. 내가 전해 줄 테니 회장님한테나 먼저 가시오."

허당은 경비원 안내도 안 받고 혼자서 회장실을 찾아갔다. 회장은 이미 기다리고 있었다.

"회장님 안녕하세유?"

"야. 반가워유, 하하하."

"회장님 내 흉내 내시면 안 되시쥬. 웃으시는 소리는 듣기 좋네유."

"그렇습니까. 책을 봅시다."

회장은 고서 두 권에 「헌책방 할아버지」를 보더니 흡족하여 또 웃으며 말했다.

"고맙소. 이 동화책은 어디서 나셨소?"

"우리 책 곳간에 수두룩허쥬."

"그래요? 동화책 읽어본 지가 오십 년은 넘은 것 같은데, 좋은 책을 또 주시어 고맙소."

그렇게 하여 허당은 오늘도 백만 원짜리 두 장을 들

고 화장실을 나왔다. 마침 그 앞을 지나던 김씨가 보고 반가워했다.

"책선생 고맙소. 어제 주신 동화책 참 재있게 읽었습니다. 아름다운 비밀을 하나씩 만들어 가지고 산다는 것이 참 아름답다고 생각했습니다."

"그렇지유? 아름다운 비밀을 가슴에 품고 살면 날마다 웃음이 얼굴에서 새나오지유."

"웃음이 샌다고요?"

"야. 아름다운 비밀은 웃음을 물고 오고 말 못할 고민은 얼굴에 그늘이 지지유."

"맞는 말씀입니다. 오늘도 만나 뵈어서 반가웠습니다."

"오늘 드릴 책은 실장님헌티 맡겼으니께 받아가시유."

"고마워요. 오늘 다 읽고 감상문도 써 드리지요."

"그러면 더 좋지유."

그렇게 몇 마디 남기고 허당은 곧장 서울을 떠나 책 곳간으로 돌아왔다. 곳간 입구에 들어서니 사무실에서 국자와 하필이 소리가 들렸다.

"하필이 잘 생각했어. 하우하고 허당이는 안 맞어. 허당이는 우리 집 사람이여. 우리 윤달이 짝으로는 안 성맞춤이여."

하필이 듣던 중 반갑다는 듯이 장단을 맞추었다.

"그려, 허당이는 딱 국자 사윗감이여. 그만하면 윤달

이허고 잘 맞을 거구머언.”

구실러 사위 삼어 봐아

국자가 신이 나서 말했다.

“그렇지? 난 허당이 너무너무 좋아뿌렀어. 날마다 손님 데불고 오지, 화단도 잘 가꾸어주고 을매나 존지 몰러.”

“잘 구실러 사위 삼아 봐아. 괜찮은 애니께.”

허당이 말없이 이층으로 올라갔다. 발소리를 들은 하필이 나서서 물었다.

“허당이 벌써 댕겨온 겨어? 거기 주문서 받아 놨어어.”

국자가 돌아가면서 허당이한테 손짓으로 인사를 했다.

“우리 허당 총각. 나 가아. 일 잘혀어!”

허당은 기가 막혔다. 떡 줄 사람은 생각도 않는데 김칫국 먼저 마신다는 말이 이럴 때 맞는 말이라고 생각하고 피식 웃었다.

얼마 안 있다 하우가 퇴근하여 오자마자 이층으로 올랐다.

“오빠, 좋은 소식이야!”

딸이 옆에 아버지는 보지도 않고 이층으로 오르면서

하는 소리에 하필이 노기가 불끈했다.

"하우야, 넌 우째 애비는 안 보이는겨어?"

"아빠도 보이지만 오빠가 더 보고 싶은데."

하필은 속에 숯불이 떨어진 듯 뒤집혔다. 그렇게 둘이 어울리는 걸 막는데도 하우가 눈치도 없이 구는 것이 이만저만한 불만이 아니었다.

"하우, 사무실로 와 봐!"

노기 찬 소리를 알면서도 태연히 사무실로 들어선 하우가 철부지 소리를 했다.

"아빠, 뭐 급한 일야?"

"너, 내가 몇 번이나 일렀어어?"

"뭘?"

"너허구 허당이허구는 안 어울리는 사람이여. 아무나 좋아하고 시시덕거리면 안 된다구 했잔여어!"

"주문서 책을 척척 찾아내고 아빠가 모르는 꼬부랑 글씨도 다 찾는 허당 씨 기분도 맞추어주어야 할 거 아냐?"

"그 말은 맞지마안."

"내가 언제 허당이 오빠한테 결혼이라도 하자고 했어?"

하필이 그 말에 정신이 번쩍 들었다.(다음호에 계속)

천책방 할아버지를?

허당은 서울 가는 차에서 이런 생각을 했다.

'참 이상한 일이여. 이런 고물 책을 그렇게 비싸게 사는 이유는 무엇이며 고서를 사가던 그 신사는 누구인가?'

그러면서 회장님을 만나면 알 수 없는 비밀을 가진 분 같아 신기하고 궁금했다.

'고서를 어떻게 무엇에 쓰려고 그렇게 비싸게 사들이는 것인가?'

궁금증을 가지고 회사 빌딩 입구에 도착하자 경비실장이 따라왔다. 실장은 인사보다 책을 먼저 물었다.

"오늘도 동화책 가지고 오셨지요?"

"야."

허당이 동화책 「나는 어린왕자」 두 권을 내밀었다.

"형씨, 오늘도 똑같은 책만 가져오셨소?"

"야. 김씨 것허고."

"그 사람은 동화 같은 건 보지 않는 것 같은데……."

"그래도 드려 보세유."

이 말을 남기고 허당은 능숙하고 당당하게 회장실로 갔다. 회장은 허당을 보자 반겼다.(다음호에 계속)

홀로코스트 (14)

그와 함께 엘리위젤 자신도 모르게 가슴속에서 지워 버리고 이제는 믿지 않는 하나님한테 기도가 우러나오는 것이었다.

'우주 만물의 주이신 하나님, 엘리아후 랍비의 아들이 한 짓을 저는 결코 저지르지 않도록 힘을 주소서.'

갑자기 어둠이 깔린 바깥쪽에서 고함소리가 들려왔다. 친위대원들이 모두 정렬하라고 명령을 내리고 있었다.

다시 행군이 시작되었다. 길옆에 나뒹구는 시체들은 충성스러운 호송병들에 의해 압살당한 것처럼 매장되지도 않은 채 눈 속에 그대로 내버려졌다. 누구 한 사람 죽은 자 앞에서 기도를 바치는 일도 없고 아들들 역시 눈물 한 방울 흘리지 않고 아버지의 시체를 유기한 채 그곳을 떠났다.

가도 가도 눈은 계속 내렸다. 간단없이 펑펑 쏟아지고 있었다. 행군 속도는 훨씬 느려졌다. 호송병들 자신도 지쳐 있는 듯했다. 엘리위젤은 수술 받은 발에서 더 이상 통증도 느끼지 못했다. 발이 완전히 얼어붙은 것이었다. 오른발은 잃어버린 것이나 다른 없었다. 자동차의 한쪽 바퀴처럼 그의 몸에서 분리되어 있는 셈이었다. 최악의 상태였다.

그러나 엘리위젤은 단념하지 않았다. 다리 하나로도 살 수 는 있을 테니까. 더 중요한 것은 다리에 대하여 생각하지 않는 일이었다. 무엇보다도 이 순간에는 더욱 그랬다. 그래서 그런 생각은 나중에 하기로 했다.

행군은 규율의 흔적을 완전히 잃어버리고 있었다. 모두는 제 마음대로, 제멋대로 걸어갔다. 이제는 총성도 들리지 않았다. 호송병들 역시 지칠 대로 지쳐 있음이 분명했다.

더욱이 죽음은 이제 호송병들의 도움을 조금도 필요로 하지 않았다. 추위가 완전무결할 정도로 그 위력을 발휘하고 있었기 때문이다. 한 발 건너마다 사람이 쓰러져 죽어갔고, 그들은 더 이상 고통을 느끼지 않아도 되었다.

가끔 오토바이를 탄 친위대 장교들이 행렬을 따라 앞으로 오르내리며 무감각해져 가는 모두들을 독려했다.

"계속 해! 거의 다 왔어!"

"용기를 내! 몇 시간만 더 가면 돼!"

"목적지는 글라이비츠야!"

이런 격려의 말들은 그것이 비록 압제자의 입에서 나온 말이긴 해도 모두들에게 커다란 힘이 된 것은 사실이었다. 이제 그렇게 가까운 곳에 종착점을 두고 있는 마당에 자신을 포기하고 싶은 사람은 아무도 없었다.

모두의 눈길은 지평선 너머에 나타난 글라이비츠의 철조망을 찾아 헤매고 있었다. 모두들의 유일한 소망은 한 시라도 빨리 그곳에 당도하는 일이었다.

밤이 되었다. 그제야 눈발이 멎었다. 모두는 몇 시간을 더 걷고 나서야 목적지에 당도했다. 모두가 수용소에 도착하였음을 안 것은 정문에 당도하고 나서였다.

간수 몇 명이 서둘러서 막사에 배치했다. 모두는 그곳이 최상의 피난처요, 생명에 이르는 길이라도 되는 듯이 서로 밀고 밀리며 안으로 들어갔다. 고통으로 찌든 몸뚱이들이 발에 걸리고 상처 입은 얼굴들이 발에 밟혔다.

그러나 비명소리 한 마디 없었다. 약간의 신음소리가 있을 뿐이었다. 아버지와 엘리위젤은 밀려오는 힘에 의해 바닥에 나뒹굴고 말았다. 모두의 발밑에서 누군가 숨넘어가는 비명을 질렀다.

"깔려 죽겠어요…… . 살려줘!"

그 음성은 낯설지 않았다.

"사람 죽겠네…… . 아이쿠! 아이쿠!"

그런 가냘픈 음성, 그런 가래 끓는 음성을 어디선가 들은 적이 있었다. 그 음성이 어느 날 말을 건 적이 있었다. 어디서? 언제? 몇 년 전에? 아니, 그것은 수용소에서만 들을 수 있는 음성이었다.

"살려줘!"

엘리위젤은 자기가 그를 짓누르고 있다는 사실을 알아차렸다. 그의 호흡을 막고 있었던 것이다. 엘리위젤은 일어서고 싶었다. 그가 숨을 쉬도록 몸을 떼어주려고 사뭇 버둥거렸다. 그러나 그 자신이 다른 사람들의 체중에 눌려 사정은 다 같았다. 엘리위젤 역시 숨이 막혀왔다. 견디다 못해 알지도 못하는 사람들의 얼굴을 손톱으로 힘껏 꼬집고 짓누르고 있는 주위의 사람들을 마구 물어뜯기 시작했다. 그래도 비명을 지르는 사람은 아무도 없었다.그때 불현듯 생각이 떠올랐다. 줄리에크! 바르사바 태생으로 부나의 악대에서 바이올린을 연주하던 소년이 문득 떠올랐다.

"너, 줄리에크지?"

"엘리제르…… . 채찍 스물다섯 대. 그래…… . 나도 기억이 나."

그러고는 침묵이 흘렀다. 시간이 꽤 흘렀다.

"줄리에크! 내 말 들리니. 줄리에크?"

"그래……."

그는 희미한 소리로 대답했다.

"왜 그러니?"

그는 죽지 않았다.

"좀 어떠니, 줄리에크?"

엘리위젤은 그의 대답을 듣기 위해서가 아니라 그가 아직 살아 있는지, 말을 할 수 있는지 알고 싶어서 물어보았다.

"괜찮아, 엘리제르. 조금씩 나아지고 있어……. 공기가 거의 없었어. 내 발이 부어올랐어. 쉬니까 좋구나. 하지만 내 바이올린……."

엘리위젤은 그의 정신이 이상해졌다고 생각했다. 이런 때 바이올린이 무슨 소용이란 말인가?

"뭐? 네 바이올린?"

그는 헐떡거렸다.

"걱정이 돼, 난 걱정이 된다구……. 그들이 내 바이올린을 부서 버릴까봐 걱정이야. 난 바이올린을 갖고 왔거든."

엘리위젤은 대답할 수가 없었다. 누군가 그 위해서 덮친 채 길게 누워서 얼굴을 가리고 있었으므로 코나 입으로도 숨을 쉴 수가 없었다. 이마에 땀방울이 맺히고 등줄기에서 땀이 흥건히 흘러내렸다.

'끝장이구나. 목적지까지 와서 끝장이 나는구나.'

엘리위젤은 질식한 채 소리도 없이 죽을 것만 같았다. 비명을 지르거나 구원을 청할 방도도 없었다. 보이지 않는 암살자로부터 벗어나려고 필사의 노력을 했다. 살아야겠다는 온 의지를 손톱에 모아 암살자의 몸뚱어리를 할퀴고 또 할퀴었다.

한 모금의 공기를 마시기 위하여 필사의 투쟁을 벌이고 있었다. 아무 반응이 없는 썩어 가는 살을 쥐어뜯기도 했다. 아무리 그래도 가슴을 압박해 오는 거대한 몸뚱어리로부터 도저히 빠져나올 수가 없었다. 엘리위젤이 대항하고 있는 상대는 죽은 사람이었을까? 그걸 누가 알랴?

그것을 알 수 없었다. 엘리위젤이 다만 말할 수 있는 것은 그가 이겼다는 사실, 그것이 전부였다. 그는 죽어 가는 사람들의 벽을 헤치고 조그만 구멍을 하나 내는 데 성공했다. 그 구멍을 통해 공기를 조금씩이나마 들이마실 수 있었다.

"아버지 어떠세요?"

엘리위젤은 말을 할 수 있게 되자마자 먼저 이렇게 물었다. 아버지가 그에게서 멀리 떨어져 있을 리가 없다는 사실을 알고 있었다.

"괜찮다!"

마치 아득히 먼 다른 세상에서 들려오는 듯한 목소리로 아버지가 대답했다. 엘리위젤은 잠을 청했다.

아버지도 잠을 자려고 했다. 잠을 자는 것이 좋을까, 나쁠까? 대체 여기서 사람이 잠을 잘 수 있을까? 잠시 방심하여 잠이 들어버린 사이에 죽음이 갑자기 덮쳐 올 위험은 없을까?

이런 생각을 하고 있을 때, 바이올린 소리가 들려왔다. 죽은 사람들이 산 사람들을 위에 잔뜩 쌓여 있는 이 칠흑처럼 깜깜한 창고 안에서 바이올린 소리가 들려왔던 것이다. 자기 자신의 무덤 가장자리에서 바이올린을 연주할 미친 사람이 어디 있단 말인가? 아니면 그건 환상일까?

연주자는 줄리에크임이 분명했다. 그는 베토벤 협주곡 중의 한 악장을 연주하고 있었다. 엘리위젤은 그토록 청결한 음률을 일찍이 들어본 적이 없었다. 더욱이 그와 같은 정적 속에서.

줄리에크는 어떻게 자유의 몸이 될 수 있었을까?

칠흑의 캄캄한 밤. 오직 바이올린 소리만이 울리고 있었다. 바이올린을 켜고 있는 활은 바로 줄리에크의 영혼인 것만 같았다. 그는 그의 인생을 연주하고 있었다. 그의 잃어버린 희망, 그의 까맣게 타버린 과거, 그의 소멸된 미래― 그의 전 인생이 바이올린의 현을 타고 연주되고 있는 것만 같았다. 결코 두 번 다시 연주할 수 없을 것이라는 듯이 그의 연주는 계속되었다.

엘리위젤은 줄리에크를 잊을 수 없을 것이다. 죽어가고 있는, 이미 죽어 있는 청중들에게 들려준 그 날 밤의 연주회를 어찌 잊을 수가 있겠는가? 오늘날까지, 베토벤의 작품이 연주되는 것을 들을 때마다 두 눈이 감겨지고, 죽어 가는 청중들에게 바이올린으로 작별을 고한 폴란드 친구의 그 슬프고 창백한 얼굴이 어둠 속에서 떠오르곤 한다.

엘리위젤은 그가 얼마 동안이나 연주를 했는지 모른다. 그는 이내 잠에 떨어졌기 때문이다. 낮이 되어 잠에서 깨어났을 때, 그의 맞은편에 쓰러져 죽어 있는 줄리에크를 볼 수 있었다. 그의 곁에는 박살나고 짓밟혀 무엇인지 모르게 완전히 망가진 조그만 바이올린의 잔해가 놓여 있었다.(다음 호 계속)

밤에는 공비 낮에는 아군

정 태 광

나는 대구에서 180리 떨어진 산골 마을 딱밭골에서 어린 시절을 보냈다. 조선 시대부터 문종이를 만들 때 쓰는 닥나무가 밭둑이나 산자락에 많다 하여 딱밭골이라는 이름이 붙여진 마을에서 태어났다.

이곳은 외지인들을 별로 구경하지 못할 정도로 깊은 산골 마을이라 가끔 외지에서 오는 사람이라곤, 솥단지를 땜질하는 땜장이 아저씨, 양동이를 머리에 이고 다니면서 멸치젓갈을 팔던 아주머니들뿐이었다.

이분들이 동네에 들리면 반가운 손님이라 저녁 늦게 오시는 분에게는 사랑방에 잠을 재워 주며 정성껏 음식을 차려 주면서 외지 소식을 듣는 것을 큰 기쁨으로 여기던 그런 마을이었다.

정태광

「한국크리스천문학」 등단, 인천경영자총협회 CEO, 인제대학 운영위원, 건국대학교행정대학원 졸업 행정학석사, 보국훈장 광복장, 안중근기념관 홍보대사, 대한예수교장로회 광명교회 장로

면사무소가 있는 입암이란 마을에는 안동 권씨들이 부락을 이루고 있었으며, 10여 리 떨어진, 매현 1동과 매현 2동에는 월성 손씨와 한양 조씨가 20여 가구씩 부락을 이루고 있었다. 이분들의 선조들은 조선 시대 역적으로 몰려 귀양살이하신 분이거나, 깊은 산속으로 피신하여 온 후손들이 사는 극히 평온한 마을이었다.

딱밭골은 매현 2동 끝머리에 있는 마을이었다. 이러한 평온한 동네는 6.25동란이라는 민족상잔의 비극을 당하게 되었다. 북한 김일성 공산 괴뢰집단이 남침하여 3년여 동안 전국이 피로 물들었던 시기, 낙동강 전선이 형성되어 대구 다부동 전투, 영천 보현산 전투는 뺏고 뺏기는 국군과 인민군의 피가 강을 이루던 그런 전쟁터였다.

우리 마을에도 낮에는 국군이 마을을 지켜주었고, 밤에는 산에서 숨어 있던 인민군들이 동네로 내려와 잔혹하게 살생을 자행하던 곳이었다. 내 나이는 그때 4살 정도 되었는가 보다. 낮에는 호주기라고 부르는 비행기가 하늘을 날아가며 기관총을 갈겨대자, 인민군들은 산으로 도망하였다.

나는 심한 홍역으로 밤이 되면 하도 울어대니, 인민군이 집에 들이닥칠 것을 두려워하신 어머니께서는 곧

죽게 될 나를 집 앞 콩밭에 가마니를 깔고 눕혀 두었고, 울음이 그친 다음날 아침에 가 보니 코와 귀, 입술에는 개미들이 바글바글하였는데도 죽지 않고 살아 있었단다.

'너는 죽을 목숨인데 명이 길어 하나님이 살려 주신 것이다'라고 말씀하곤 하셨다.

6.25전쟁 때에 어머니께서는 남동생을 낳으셨으면서도 밭일을 갔다 오시다가 포탄이 왼쪽 옆구리를 스치는 바람에 한 뼘 정도의 큰 상처를 입으셨지만, 약이 없던 때라 누렁이 호박 속을 긁어 상처에 붙임으로 독기를 뽑아내는 아픔을 참으시며 3년여를 지내오셨다. 어머니는 가끔 옆구리의 상처 자국을 나에게 보이시며 '엄마가 이렇게 심한 상처를 입고도 살아남은 것은 하나님이 지켜 주심이다'고 말씀하신 후에 나의 머리에 손을 얹으시고 기도해 주곤 하셨다.

낙동강 전전이 치열하던 시기에 우리 지방에 노수봉이란 지방 빨갱이가 있었는데 그 자는 머슴살이하던 사람이었다. 인민군들은 부산 점령을 눈앞에 두고 공산당이 남조선을 통일하는 조선 인민의 시대가 왔다면서 풍악을 치며, 기뻐 날뛰면서 경상도 일대가 빨갱이들이 활개를 칠 때, 인민군이 그의 팔에 붉은 완장을 채워주었다. 그러자 그는 기세등등하여 이 마을 저 마을을 돌아다니면서 만나는 사람을 죽창으로 찔러 죽이는 만행을 저질렀다.

맥아더 장군의 인천상륙작전으로 인민군들이 북으로 쫓겨날 때 국군에게 잡혀, 주민들의 요구에 따라 목이 잘리어 코에는 담뱃불을 꽂은 채 높은 나무 장대에 달려 죽었고, 영천 일대 산 계곡에는 인민군의 시체 썩는 냄새로 코를 들고 다닐 수 없었다고 할머니께서 말씀하시곤 하셨다.

전쟁이 끝나고 1950년대 후반에 초등학교를 다닐 때 홍수가 나면, 개천가 나뭇가지에 죽은 인민군 시체의 군복이 걸려 있는 것을 보았다. 밤마다 울어대는 부엉이 소리는 얼마나 무섭게 했는지 모른다. 개천 곳곳의 웅덩이에 포탄과 녹슨 수류탄이 너부러져 있는 곳에서 겁 없이 미역을 감기도 하였다.

학교 건물은 모두 불타 없어졌기에, 차가운 바람 부는 겨울에는 미군이 쓰던 군청색 천막에서 공부했고, 여름에는 버드나무 아래에 가마니를 깔고 앉아 선생님의 말씀에 귀를 기울이며 몽당연필로 글자를 쓸 때는 황토 먼지 돌개바람에 잡기장(노트)은 연이 되어 휭 날아가곤 하였다. 천막 뒤편 귀퉁이에 있던 뒷간(화장실)

에서 변을 본 후에 짚으로 뒤(항문)를 닦으면 빨간 피가 묻어나곤 했다.

지금도 생각이 나는 것은 다섯 살 때쯤인가? '인민군들이 붉은 깃발을 흔들며 말을 타고 신작로를 지나가는 모습이 너무도 신기하여 발가벗은 몸으로 사립문을 밀치고 나가, 빼꼼히 나뭇가지 사이로인민군을 내다보다가 할머니가 드신 빗자루로 궁둥이를 맞은 기억이 난다.

아~ 어찌 잊으랴! 민족상잔의 비극인 북한 공산집단의 6.25 남침과 그 만행을!

70여 년이 지난 오늘날에도 북한 공산정권은 호시탐탐 남침의 기회를 획책하고 있다. 북한 공산집단의 만행을 모르는 오늘의 세대들에게 당부한다. 또다시 6.25와 같은 민족 대참상을 획책하고 있는 북한 공산집단의 우리 민족끼리라는 달콤한 속임수에 절대 현혹되어서는 안 된다. 북한 공산당에 속아 공산당 정권이 집권하는 날 너 죽고 나 죽고, 가족이 모두 죽는 피 흘림의 강산이 된다. '유비무환(有備無患)'의 투철한 국방안보로 북한 공산집단을 박멸하고, 부국강병(富國强兵) 이루어 세계에 우뚝 선 자유민주 대한민국을 자손만대에 물려주어야 할 것이다.

낮은 자세 실천한 대법관

"교만은 천천히 자살하는 것이라며 법관40년을 살면서, 막상 나는 겸손하지 못했다. 세상 사람들을 우습게 알았고, 그래서 나는 손해도 많이 봤다." 그를 잘 아는 어느 선배가 더 머리를 숙이고 살라는 뜻으로 이런 얘기를 들려 줬다. 1940~60년 초까지 법조계에 고재(1913~1991)라는 법관이 계셨다.

대법관과 중앙선거관리위원장을 지냈으니 이룰 만큼 이룬 분이셨다. 이 분은 41세로 최연소 대법관이 되셨는데 대법관으로 계시던 1950년대 고향 전남 담양에 갈 일 이 있었다.

그 시절엔 대법관에게 전용차량이 없었다. 광주까지 열차로 가서 완행버스를 타고, 버스 종점부터는 걸어서 개천을 건너야 했다. 신발과 양말을 벗고 개천을 막 건너려는데 마침 이를 보던 순경이 기왕에 양말을 다 벗었으니 자기를 좀 업어 건너게 해달라고 했다.

그 당시 고대법관은 40대 중반이었는데 40대 후반 순경이 무례하게 굴었던 것이다. 그런데 고대법관은 아무 불평 없이 그 순경을업고 개천을 건넜다. 고 재판관이 양말을 신는데 순경이 "어디 가시느냐?"고 물었다.

"건너 마을 고향집에 갑니다."

"뉘 댁을 가시는 지요?"

"집안에 혼사가 있어 가는 길이요."

"함자가 누구신지요."

"고재호올시다."

그러자 순경은 너무 놀라 꼬꾸라지듯이 엎어졌다. 그는 "고씨 댁에 서울에서 귀한 어른이 오시나 엎어서 개천을 건너 드리며 잘 모시고 오라"고 경찰 서장이 보낸 인근 파출소 순경이었다.

세상에는 완장 차고 큰 모자에 제복 입는 사람 치고 겸손한 사람은 드문 것 같다. 하지만 고재호 대법관은 '겸손이 영광보다 먼저다.'를 몸소 실천하셨던 것이다.

그러기에 그는, 변호사 시절 대한변호사협회 회장을 2차례나 역임하신 바 있다.

작금, 법조계 모든 위정자들이 이런 대법관 같은 분들로 채워지면 얼마나 좋을까?

오늘의 명언

교만은 천천히 자살하는 행위다. 특히나 완장차고 큰 모자에 제복을 입은 사람은 항상 겸손해야 한다.

(좋은 글)

머스크가 예고한 2026~2030년의 파괴적 혁신과 인류미래

머스크가 예고한 2026~2030년의 파괴적 혁신과 인류의 미래에 대해 요약해 드립니다.

1) 1조 달러의 도박 : 새로운 세상에 대한 투자

최근 테슬라 주주들은 일론 머스크에게 약 1,300조 원(1조 달러)에 달하는 천문학적인 보상 패키지를 승인했습니다. 이는 단순한 과거의 공로에 대한 보너스가 아니라, 머스크가 향후 5~10년 내에 만들어낼 완전히 새로운 세상에 건 거대한 도박입니다. 머스크는 전기차와 재사용 로켓으로 자신의 능력을 증명해 왔으며, 이제 스마트폰의 소멸부터 노동의 종말에 이르는 충격적인 미래 청사진을 제시하고 있습니다.

2) 스마트폰의 종말 : 앱이 사라진 AI 네이티브 세상

머스크의 첫 번째 예언은 5년 이내에 스마트폰과 애플리케이션 생태계가 점차 소멸할 것이라는 점입니다. 현재 우리는 AI를 쓰기 위해 화면을 터치하고 앱을 실행하지만, AI가 충분히 똑똑해지면 이러한 과정은 불필요한 비효율이 됩니다.

3) 의도의 시대

미래에는 "점심 좀 시켜줘"라는 말 한마디면 AI 에이전트가 사용자의 식습관, 건강 상태, 잔고를 고려해 최적의 메뉴를 배달시킵니다.

4) 콘텐츠 혁명

AI는 단순히 영상을 추천하는 것을 넘어, 사용자의 뇌파와 취향을 분석해 오직 한 사람만을 위한 맞춤형 영화나 영상을 실시간으로 생성합니다.

5) 비즈니스 모델의 붕괴

사람들이 더 이상 앱을 켜지 않고 광고를 보지 않게 됨에 따라, 구글이나 메타와 같은 플랫폼 기업들의 기존 비즈니스 모델은 뿌리째 흔들릴 것입니다.

6) 노동의 종말 : 1:5 로봇 시대와 경제적 대전환

머스크는 2026년을 로봇 시대의 원년으로 지목하며, 테슬라의 휴머노이드 로봇 '옵티머스'의 대량 생산을 예고했습니다.

7) 폭발적 보급

미래에는 인간 1명당 5대의 로봇이 존재하는 시대가 올 것이며, 이는 전 세계적으로 약 400억 대의 로봇이 활동함을 의미합니다.

8) 기술적 우위

테슬라는 자율주행 기술을 통해 축적한 막대한 데이터를 로봇의 '뇌'로 이식하여, 주변 환경을 이해하고 판단하는 능력을 즉시 갖추게 됩니다.

9) 육체 노동의 소멸

약 2만 달러(2,700만 원) 미만의 저렴한 로봇이 운전, 배달, 청소, 요리뿐만 아니라 정교한 외과 수술까지 대체하게 됩니다. 이로 인해 생산성은 폭발하고 물건 값은 극도로 낮아지는 시대가 옵니다.

10) 보편적 고소득 : 유토피아와 존재론적 공포

노동이 사라진 세상에서 머스크는 기본 소득을 넘어선 보편적 고소득(Universal High Income)의 시대를 예언합니다.

11) 풍요의 시대

AI와 로봇이 생산을 전담하면서 인류는 더 이상 생계를 위해 일할 필요가 없으며, 모두가 왕처럼 풍족한 삶을 누리게 됩니다.

12) 존재론적 위기

하지만 모든 결정을 AI에게 넘긴 채 풍요를 소비하기만 하는 존재로 전락할 때, 인간의 주체성과 삶의 의미는 위협받을 수 있습니다.

'쓸모없는 존재'가 되었다는 허무함이 인류를 덮칠

수 있다는 우려도 제기됩니다.

13) 뉴럴링크 : 신인류로의 진화와 사고의 독립성

머스크가 그리는 마지막 단계는 인간과 기계의 결합입니다. AI에 도태되지 않기 위해 인간 스스로가 AI와 결합하여 진화해야 한다는 논리입니다.

14) 텔레파시와 지식 다운로드

뇌와 컴퓨터를 직접 연결하는 뉴럴링크 기술을 통해 말 없는 소통(텔레파시)이 가능해지고, 새로운 지식을 1분 만에 뇌로 다운로드할 수 있게 됩니다.

5) 최후의 자산

모든 정보와 지식이 AI에 의해 제공되는 하이브 마인드 시대에는, 무엇이 나의 생각이고 주입된 데이터인지를 구분하는 사고의 독립성과 철학적 사고력이 인간을 인간답게 만드는 유일한 무기가 될 것입니다.

결론

AI 레버리지 전략

변화는 이미 시작되었습니다. 머스크는 디스토피아적 불안 속에서도 급진적인 낙관주의를 강조합니다.

비관론자는 명성을 얻지만 낙관론자는 부를 얻는다는 역사적 교훈처럼, 변화를 두려워하기보다 AI를 자신의 능력을 확장해 주는 파트너로 삼는 AI 레버리지 전략이 필요합니다. 미래는 준비된 자에게는 축복이 될 것이며, 이 거대한 변화의 파도 위에서 서핑을 즐기는 법을 배워야 합니다.

이러한 변화는 마치 과거에 거친 파도를 두려워하던 사람들이 서핑 보드를 갖게 되면서 파도를 즐거움의 대상으로 바꾸게 된 것과 같습니다. AI라는 거대한 파도가 밀려오고 있지만, 이를 도구로 활용할 줄 아는 사람에게 미래는 재앙이 아닌 무한한 기회의 장이 될 것입니다.

오늘 내가 슬픔을 넘어 기쁜 이유!

리차드 위트컴 장군(Richard S. Whitcomb)과 그의 부인 한묘숙 여사의 전설적인 실화 이야기다.

6.25 한국전쟁에 참전한 미군 장성, 그는 당시에 미군군수 사령관이었다.

1952년 11월 27일, 부산 역 건너편 산의 판자촌에 큰 불이 났다. 판잣집도 변변히 없어 노숙자에 가까운 생활을 하던 피란민들은 부산역 건물과 인근에 있는 시장 점포 등이 유일한 잠자리 였는데 대화재로 오갈 데가 없게 됐다. 입을 옷은커녕 먹을 것조차 없었다.

이때 위트컴 장군은 군법을 어기고 군수창고를 열어 군용 담요와 군복, 먹을 것 등을 3만 명의 피난민들에게 골고루 나눠 주었다.

이 일로 위트컴 장군은 미 연방의회의 청문회에 불려갔다. 의원들의 쏟아지는 질책에 장군은 조용히 말했다.

"우리 미군은 전쟁에서 반드시 이겨야 하지만, 미군이 주둔하는 곳의 사람들에게 위기가 닥쳤을 때 그들을 돕고 구하는 것 또한 우리넘 임무입니다. 주둔지의 민심을 얻지 못하면 우리는 전쟁에서 이길 수 없고, 이기더라도 훗날 그 승리의 의미는 쇠퇴할 수밖에 없을 것이기 때문입니다.”

라고 답하자, 의원들은 일제히 기립, 오래도록 박수를 쳤다. 다시 한국으로 돌아온 뒤 장군은 휴전이 되고도 돌아가지 않고, 군수기지가 있던 곳을 이승만 정부에 돌려주면서 “이곳에 반드시 대학을 세워 달라.”고 청하였다.

부산대학이 설립된 배경이다. 그러나 부산대 관계자도, 교직원도, 졸업생도 재학생도 이런 역사적 사실을 거의 모른다. 그리고 장군은 메리놀 병원을 세웠다. 병원기금 마련을 위해 그는 갓에 도포를 걸치고 이 땅에 기부문화를 조성하기 위해 애썼다.

사람들은 장군이 체신없이 왜 저러느냐고 수군댔지만 개의치 않았고 온 맘과 힘을 쏟았다. 전쟁 기간 틈틈이 고아들을 도와온 위트컴 장군은 고아원을 지극정성으로 운영하던 한묘숙 여사와 결혼했다.

위트컴 장군이 전쟁고아들의 아버지로 불리는 연유다. 그리고 그는 부인에게 유언을 했다.

“내가 죽더라도 장진호 전투에서 미처 못 데리고 나온 미군의 유해를 마지막 한 구까지 찾아와 달라”고

부인 한묘숙 여사는 그 약속을 지켰다. 북한은 장진호 부근에서 길죽길죽한 유골만 나오면 바로 한묘숙 여사에게로 가져왔고, 한 여사는 유골 한쪽에 300불씩 꼬박꼬박 지불했다. 그렇게 북한이 한 여사에게 갖다

준 유골 중에는 우리 국군의 유해도 여럿 있었다.

하와이를 통해 돌려받은 우리 국군의 유해는 거의 대부분 한 여사가 북한으로부터 사들인 것들이다. 한 여사는 한 때 간첩 누명까지 쓰면서도 굴하지 않고 남편의 유언을 지켰다. 남편만큼이나 강한 여성이었다.

장군의 연금과 재산은 모두 이렇게 쓰였고, 장군 부부는 끝내 이 땅에 집 한 채도 소유하지 않은 채 40년 전에 이생을 달리했다.

부산 UN공원묘원에 묻혀 있는 유일한 장군 출신 참전용사가 바로 위트컴 장군이다. 끝까지 그의 유언을 실현한 부인 한묘숙 여사도 장군과 합장되어 있다.

이 땅에는 이러한 장군을 기리는 동상 하나가 없다. 부산에도 서울에도 아니 부산대학교에도 메리놀병원에도 물론 없다. 그런데 오늘, 장군이 떠난 지 꼭 40년 만에 뜻있는 사람들이 모여 위트컴 장군 조형물을 만들기로 결의했다.

늦어도 너무 늦었지만, 국가 예산 말고, 재벌 팔을 비틀지도 말고, 70여 년 전 수혜를 입었던 피란민 3만 명, 딱 그 수만큼 1인당 1만원씩 해서 일단 3억을 마련하기로 했다.

브라보 !

민주주의의 생명은 참여다. 보은도 십시일반, 참여해야 한다고 오늘 그 첫 결의를 했다. 1만 원의 기적을 이루어보자. 70년 전, 전쟁고아들을 살뜰하게 살피던 위트컴 장군을 생각하면서, 메리놀 병원을 세워 병들고 아픈 이들을 어루만지던 장군의 손길처럼 대학을 세워 이 땅에 지식인을 키우려던 그 철학으로, 부하의 유골 하나라도 끝까지 송환하려고 했던 그 마음을 생각하며 각자 내 호주머니에서 1만원씩 내보자.

딱 커피 두 잔 값씩만 내보자. 1만 원의 기적이 한 국병을 고칠 수도 있지 않을까? 설마 이 땅에 1만 원씩 낼 사람이 30만 명도 안 되지는 않겠지? 라고 생각하니 또 내 마음은 두둥실, 하늘을 날 것만 같다.

그리고 정부는 장군에게 무궁화훈장을 추서한다는 소식이다. 너무 늦었지만 감사한 일이다. 정말 기쁜 날이다. 팝콘이 탁탁 터지듯이 그렇게 내 온 몸의 세포들이 기쁨에 겨워 꿈틀거린다.

에스프레소 덕분인가?

까뮈 엑스오 덕분인가?

이제 나는 죽어도 한묘숙 여사를 만나 웃으며 두 손을 잡을 수 있게 됐다.

---

* 부산출생 박선영
　국제대학교 교수의 페이스북 글입니다.
* 글이 매우 감동적이라 교수님 양해 없이 올렸습니다. 본서의 발행
　취지를 이해해 주시고 양해를 구합니다(발행인)

아름다운 우정

고려말기에 이당은 광주고을 관아의 아전 출신으로 원님의 딸과 결혼했던 신분이 기록에 남아 있어서 광주 이씨의 중시조로 모셔지고 있습니다.

이당은 아들 다섯을 두었는데 5명의 아들이 모두 과거에 급제하는 영광도 누렸습니다. 이당의 아들 이집에게는 최원도라는 친구가 있었는데, 영천 출신으로 과거에 합격하자 개성으로 올라와 이집과 어울리며 살았습니다.

이집과 최원도는 함께 동문수학하였으며 벼슬길에 나아가서도 둘 사이의 우정은 아주 돈독하였다고 전해집니다. 그런데 그 시기는 공민왕이 개혁을 위해서 등용한 요승 신돈이 절대 권력을 휘두르자 점차 타락하여 세상이 어려운 시대였습니다.

최원도는 공민왕 때 대사간(大司諫)을 지냈는데 여러번 신돈의 전횡을 비판했지만 받아들이지 않자, 그 꼴을 참지 못하고 벼슬을 버리고 영천으로 낙향을 해버렸습니다. 이집도 벼슬을 버리고 대로의 벽면에 신돈을 비난하는 대자보도 붙였으며 군중들을 모아놓고 신돈을 신랄하게 성토하였습니다. 그리고 한양의 변두리 지금의 둔촌동 고향집으로 내려갔습니다.

그러자 일은 크게 벌어졌습니다. 당시 공민왕으로부터 절대 권력을 위임받은 신돈의 무리들이 그를 잡아 죽이려고 한양골을 수색하며 돌아다녔습니다.(둔골이다, 둔촌(遁村) 이집(李集) 선생이 숨어살던 굴)

이집은 자신이 숨어서 은둔하던 둔골마저 드러날 것이 분명해지자 급한 마음에 늙은 아버지(이당)을 등에 업고 줄행랑을 쳤습니다. 그러나 어디에도 숨어 지낼 곳이 없던 이집은 고민하다가 경상도 영천 땅의 친구 최원도를 찾아 떠났습니다. 몇 달 만에 최원도의 집에 도착하였습니다. 마침 그의 생일날이라 인근 주민들이 모여 잔치가 한참 벌어지고 있었습니다. 이집은 최원도의 집 문간방에 아버지를 내려놓고 피곤한 몸을 쉬면서 하인들에게 그가 왔음을 전했습니다.

친구 최원도는 소식을 듣고 순식간에 문간방으로 뛰어 나왔습니다. 이집은 자신을 최원도가 반기는 줄 알고 최원도의 손을 잡으려는데 뜻밖에도 친구 최원도는 크게 노한 목소리로 소리를 지르는 것이었습니다.

"망하려면 혼자 망할 것이지 어찌하여 우리 집안까지 망치려 하는가? 친구에게 복을 전해 주지는 못할망정 화를 전하려 이곳까지 왔단 말이냐?"

사태가 이렇게 되자, 이집은 당황스러웠습니다. 매우 난처해하며,

"여보게! 몸을 의탁하러 온 것은 아니니 먹을 것이나 좀 주게나……."

그러나 최원도의 태도는 더욱 격노하면서 하인들을 시켜서 이집 부자를 동네 밖으로 내몰았습니다. 더구나 최원도는 이집 부자가 잠시 앉았다 떠난 문간 사랑채를 역적이 앉았던 곳이라 하여 생일잔치에 모였던 사람들이 보는 데서 불태워 버렸습니다.

한편 이집은 최원도에게 쫓겨나 정처 없이 떠나면서 곰곰이 생각해 보니 자칫하면 멸문의 화를 입을 수도 있기 때문에 최원도의 태도가 조금은 이해되면서 평소에 신의가 확실하던 그의 진심은 그렇지 않을 것이라고 굳게 믿고 다시 최원도의 집 부근으로 가서 덤불에 몸을 숨기고 밤이 되길 기다리고 있었습니다.

최원도 또한 이집이 자기를 이해해 줄 것이라 믿고 동네 사람들 모르게 이집이 꼭 다시 찾아오리라고 생각하면서 날이 어두워지자 혼자서 집 주위를 뒤져보면서 조용히 불렀습니다.

"친구 어디에 있는가? 나는 원도일세!"

두 친구는 반갑게 만나게 되었습니다. 이렇게 하여

이집 선생은 최원도의 집 다락방에서 4년 동안의 세월을 보내게 되었습니다.

며칠 뒤에 이집을 잡아죽이려는 신돈의 무리들이 이집의 친구 최원도가 살고 있는 영천고을에 들이닥쳤는데 물 한 그릇도 주지 않고 둔촌 이집을 내치는 것과 역적이 앉았던 사랑채를 불태웠던 장면을 목격한 마을 사람들의 증언 등으로 무사할 수가 있었습니다.

그런데 다락방 생활이 그렇게 쉬운 것이 아니었습니다. 오로지 최원도 혼자만 알고 가족에게도 비밀로 하자니 여간 힘이 들지 않았습니다. 우선 밥을 고봉으로 눌러 담고 반찬의 양을 늘려도 주인 혼자서 다 먹어치우는 것이 시중드는 몸종과 부인에게는 매우 이상하게 느껴졌습니다. 그렇게 가져온 밥상은 세 사람이 나누어 먹었습니다.

낮이면 다락에 숨어 지내다 밤이 되면 한 이불을 덮고 세 사람이 함께 잤습니다. 그런데 최원도의 집에 연아(燕娥=제비연/예쁠아)라는 얼굴도 이름도 예쁜 19살 계집종이 있었는데, 어느 날 궁금증을 이기지 못한 그녀는 주인이 그 음식을 다 먹는지를 직접 눈으로 확인하려고 문틈으로 엿보다가 깜짝 놀라고 말았습니다. 처음 보는 사람들 둘과 함께 세 명이 식사를 하고 있기 때문이었습니다.

몸종은 최원도의 부인에게 고하였고, 부인은 친구의 부자(父子)라고 생각지 못하고 첩이라도 둔 걸로 생각하고, "벽장 속에 사람이 있으시면 말씀을 하실 것이지 숨겨 놓으십니까?"라고 하자, 최원도는 친구 부자가 숨은 것을 아는 걸로 착각하여 큰일이라 생각하여 부인과 몸종에게 사실을 이야기하고 만약에 이 사실이 밖으로 새어나가면 두 집 가솔들 모두가 멸문의 화를 당할 것이라고 심각한 표정으로 말하였습니다.

한편 연아는 자기의 실수로 주인집이 멸문을 당한다는 것은 도저히 할 수 없는 짓이라고 몇 날을 고민하다가 결국 스스로 자결을 택하고 비밀을 지켰습니다.

최원도 부부는 몸종 연아의 죽음을 안타까워하면서 아무도 모르게 연아를 뒷산에 묻어 주었습니다.

다락방에 은거생활이 1년이 채 되기 전에 이집의 아버지(이당)가 별세했습니다. 이집의 아버지를 극진히 봉양하던 최원도는 장례를 준비하고 슬퍼함에 있어서도 친부모와 다름없이 하였습니다.

최원도는 자신이 사용하려던 수의를 이당의 시신에 입히고 자신의 선영에 모셨던 모친의 옆에 이당을 모셨습니다.

경상북도 영천시 북안면에 있는 광주이씨 시조 이당(李唐)의 묘가 있습니다.

한편 부패한 신돈이 대중들에게 죽임을 당하고 조정에서는 최원도와 이집을 중용하고자 여러 차례 불렀으나 두 친구는 벼슬길에 응하지 않았습니다. 각자의 길을 택해서 조용히 학문을 닦으면서 여생을 마쳤습니다. 이집은 경기도 여주로 내려와 이포 강가에서 살면서 시를 지으며 일생을 마쳤습니다.

많은 사람들과 교유하였는데 특히 목은 이색, 포은 정몽주, 도은 이숭인, 김구용 등과 친분이 두터웠습니다. 그리고 신돈의 세력을 피해서 이집 선생이 잠시 머물렀던 둔골은 오늘날 서울 둔촌동의 유래가 되었다고 합니다.

그 후에 세월은 흐르고 흘렀지만 양쪽 가문의 우정은 이어졌습니다. 이집의 후손들이 산 밑에 보은당(報恩堂)이라는 집을 지어놓고 최원도의 은혜를 추모했다고 합니다. 조선 중기에 영의정을 지낸 한음 이덕형은 선조를 도왔던 최원도 선생께 감사하면서 경상도 도체찰사로 재임시에 위토를 마련하여 두 어르신의 제사를 같은 날 지낼 수 있도록 하였는데, 이런 연유로 600년이 지난 지금까지도 음력 10월 10일이 되면 영천의 나현(羅峴)에서는 양가가 같은 날에 묘제를 지내면서 서로 상대방의 조상에게도 잔을 올리고 참배합니다.

이당의 묘지 부근에 최원도의 몸종, 연아(燕娥)의 묘와 묘비가 세웠졌고, 양쪽 집안 조상의 묘제 때는 비밀을 지키기 위해서 자결한 연아의 무덤인 '연아총(燕娥塚)'에도 함께 제사를 지내주고 있습니다.

멸문지화의 위험을 무릅쓰면서도 지켜가는 인간의 도리, 이해관계에 따라서 이합집산이 이뤄지는 세태에서 인간이 추구하는 참다운 도리가 무엇인지 돌아보게 만드는 전설 같은 실화입니다. 이런 아름다운 우정의 사람으로 살아갈 수 있기를 염원해 봅니다.

하심(下心)

마음(下心)은 마음을 내려놓는다는 뜻을 의미합니다.

광주(光州)에서 이름 석 자만 대면 알 수 있는 유명한 할머니 한 분이 있었습니다. 특히 '말'이라면 청산유수라 누구에게도 져본 적이 없는 할머니였다고 합니다. 이를테면 말 빨이 아주 센 할머니였습니다. 그런데 그 집에 똑똑한 며느리가 들어가게 됩니다.

그 며느리 역시 서울의 명문대학교를 졸업한 그야말로 똑소리나는 규수였습니다. 그래서 이웃에 많은 사람들이 '저 며느리는 이제 죽었다!'라며 걱정했습니다. 그런데 어쩐 일인지 시어머니가 조용했습니다. 그럴 분이 아닌데 이상했습니다.

그러나 이유가 있었습니다. 며느리가 들어올 때 시어머니는 벼르고 별렀다고 합니다. 며느리를 처음에 꽉 잡아놓지 않으면 나중에 큰일이 난다라는 것이었습니다. 그래서 처음부터 혹독한 시집살이를 시켰습니다. 생으로 트집을 잡고 일부러 모욕도 주었습니다. 그러나 며느리는 뜻밖에도 의연했고 전혀 잡히지 않았습니다. 왜냐하면, 며느리는 그 때마다 시어머니의 발밑으로 내려갔기 때문입니다.

한 번은 시어머니가 "친정에서 그런 것도 안 배워 왔느냐?"고 생트집을 잡았지만 며느리는 공손하게 대답했습니다.

"저는 친정에서 배워온다고 했어도 시집와서 어머니께 배우는 것이 더 많아요. 모르는 것은 자꾸 나무라시고 가르쳐주세요."

다소곳하게 머리를 조아리니 시어머니는 할 말이 없었습니다. 또 한 번은 "그런 것도 모르면서 대학 나왔다고 하느냐?"며 공연히 며느리에게 모욕을 줬습니다. 그렇지만 며느리는 도리어 웃으며 공손하게 말했습니다.

"요즘 대학 나왔다고 해봐야 옛날 초등학교 나온 것만도 못해요, 어머니!"

매사에 이런 식이니 시어머니가 아무리 찔러도 소리가 나지 않습니다. 뭐라고 한마디 하면 그저 시어머니 발밑으로 기어들어가니 불안하고 피곤한 쪽은 오히려 시어머니였습니다. 사람이 그렇습니다.

저쪽에서 내려가면 이쪽에서 불안하게 됩니다. 그리고 이쪽에서 내려가면 반대로 저쪽에서 불안하게 됩니다. 그러니까 먼저 내려가는 사람이 결국은 이기게 됩니다. 사람들은 먼저 올라가려고 하니까 서로 피곤하게 됩니다. 나중에 시어머니가 그랬답니다.

"너에게 졌으니 집안 모든 일은 네가 알아서 해라."

시어머니는 권위와 힘으로 며느리를 잡으려고 했지만, 며느리가 겸손으로 내려가니 아무리 어른이라 해도 겸손에는 이길 수 없었던 것이지요.

내려간다는 것은 쉬운 일이 아닙니다. 어떤 때는 죽기만큼이나 어려울 때도 있습니다. 그러나 세상에 겸손보다 더 큰 덕목은 없습니다. 내려갈 수 있다면 그것은 이미 올라간 것입니다. 아니, 내려가는 것이 바로 올라가는 것입니다.

시간이 지나면 부패하는 음식이 있고, 시간이 지나면 발효되는 음식이 있듯이. 시간이 지나면 부패하는 인간이 있고, 시간이 지나면 발효되는 인간이 있습니다. 시간이 지나면서 썩지 않고 맛있게 발효되는 인간은 끊임없이 내려가는 사람입니다.

겸양과 비우기를 위해 애쓰는 사람입니다. 그러니 명심할 일입니다. 비우고 내려놓으면서 자신의 잣대를 아는 사람. 부단히 비우고 내려놓으면서 자신을 포기하지 않는 사람. 끊임없이 비우고 내려놓으면서 영혼을 일으켜 세우는 사람!

이렇게 내려갈 수 있는 사람은 이미 삶을 통달한 현자가 아닐까 싶습니니다. 〈가져온 글〉

주는 것이 받는 것보다 행복하다

("It is more blessed to give than to receive")

어느 청년이 집 앞에서 자전거를 열심히 닦고 있었습니다. 그때 지나가던 한 소년이 발걸음을 멈추고 그 곁에서 계속 호기심 어린 눈으로 구경하고 있는 것이었습니다. 소년은 윤이 번쩍번쩍 나는 자전거가 몹시 부러운 듯 청년에게 물었습니다.

"아저씨, 이 자전거 꽤 비싸게 주고 사셨지요?"

그러자 청년이 대답했습니다.

"아니야, 내가 산 게 아니고 우리 형이 사주셨어."

"아, 그래요?"

소년은 매우 부드러운 소리로 대꾸했습니다. 청년은 자전거를 닦으면서 이 소년은 틀림없이 '나도 자전거를 사주는 형이 있으면 얼마나 좋을까?'라고 생각하고 있을 거라고 믿고, 그런 형을 가진 자신이 정말 행복하다고 기쁨을 감추지 못했습니다.

그래서 청년은 소년에게 다시 말했습니다.

"너도 이런 자전거 갖고 싶지?"

그러자, 소년은 이렇게 대답하는 것이었습니다.

"아뇨, 나도 동생에게 자전거를 사주는 그런 형이

되고 싶어요. 우리 집엔 심장이 약한 동생이 있는데 그 애는 조금만 뛰어도 숨을 헐떡이거든요. 나도 내 동생에게 이런 멋진 자전거를 사주고 싶은데 돈이 없어요."

소년의 생각은 청년의 짐작과는 전혀 딴판이었습니다. 그 소년은 보통 사람들과 다른 목표를 가지고 있었던 것입니다. 많은 사람들이 자전거를 받는 소원을 가지고 살아가는데 반해, 그 소년은 자전거를 사주는 소원을 가지고 살았던 것입니다.

늘 도움 받는 동생이 되고픈 사람이 있고, 도움 주는 형님이 되고픈 사람이 있습니다. 더 많이 받지 못했다고 불평하는 사람이 있고, 더 주지 못해서 미안하다고 늘 안타까워하는 사람이 있습니다.

33세에 백만장자가 된 록펠러는 43세에 미국의 최대 부자가 되었고, 53세에 세계 최대 갑부가 되었지만, 록펠러는 행복하지 않았다고 합니다.

55세에 그는 불치병으로 1년 이상 살지 못한다는 사형 선고를 받았습니다. 최후 검진을 위해 휠체어를 타고 갈 때, 병원 로비에 실린 액자의 글이 눈에 들어왔습니다.

'주는 것이 받는 것보다 복이 있다'(사도행전 20:35)
"It is more blessed to give than to receive"

그 글을 보는 순간 마음속에 전율이 생기고 눈물이

났습니다. 선한 기운이 온몸을 감싸는 가운데 그는 눈을 지그시 감고 생각에 잠겼습니다.

조금 후 시끄러운 소리에 정신을 차리게 되었는데 입원비 문제로 다투는 소리였습니다. 병원 측은 병원비가 없어 입원이 안 된다고 하고, 환자 어머니는 입원시켜 달라고 울면서 사정을 하고 있었습니다.

록펠러는 곧 비서를 시켜 병원비를 지불하고 누가 지불했는지 모르게 했습니다. 얼마 후 은밀히 도운 소녀가 기적적으로 회복되자, 그 모습을 조용히 지켜보던 록펠러는 얼마나 기뻤던지 나중에는 자서전에서 그 순간을 이렇게 표현했습니다.

"저는 이렇게 행복한 삶이 있는 줄 몰랐습니다."

그때 그는 나눔의 삶을 작정합니다. 그와 동시에 신기하게 그의 병도 사라졌습니다. 그 뒤 그는 98세까지 살며 선한 일에 힘썼습니다. 나중에 그는 회고합니다.

"인생 전반기 55년은 쫓기며 살았지만, 후반기 43년은 행복하게 살았습니다. 주는 것이 받는 것보다 복이 있습니다. 내가 무엇을 받으려고 하는 생각보다 무엇을 주려고 하는 생각을 먼저 하는 복된 삶이 되시기 바랍니다."

나누는 것은 내가 가진 것을 줄이는 게 아니라, 마음을 넓히는 일이다. 〈 칼릴 지브란 〉

시니어를 위한 영어 단어

이경택

문, 비행기 탑승구=게이트(gate)

가격 깎기, 절충=네고, 네고시에이션(negotiation)

인맥, 연결=네트워크 (network)

마감, 마감 기한=데드라인 (deadline)

할인=디스카운트 (discount)

전시, 보여주기=디스플레이 (display)

디자인, 설계=디자인 (design)

세부 사항=디테일 (detail)

거래=딜 (deal)

지연, 늦어짐=딜레이 (delay)

회차=라운드 (round)

대기실=라운지 (lounge)

수준, 단계=레벨 (level)

늦게 퇴실=레이트 체크아웃 (late check-out)

보고서=레포트 (report)

논리=로직 (logic)

습관, 절차=루틴 (routine)

지도력=리더십 (leadership)

소매=리테일 (retail)

위험=**리스크** (risk)

영수증=**리싯** (receipt)

환불=**리펀드** (refund)

정신, 태도=**마인드** (mind)

판촉 전략, 시장 활동=**마케팅** (marketing)

관리자, 연예인 담당자=**매니저** (manager)

대중 전달 매체=**매스컴, 매스 미디어** (Mass Media)

구조, 원리=**메커니즘** (Mechanism)

정신, 마음가짐=**멘탈** (mental)

조언자, 지도자=**멘토** (mentor)

지도받는 사람=**멘티** (mentee)

동기, 영감=**모티브** (motive)

사명, 과업=**미션** (mission)

회의=**미팅** (meeting)

흥정하다=**바겐** (bargain)

생체 리듬=**바이오리듬** (biorhythm)

균형=**밸런스** (balance)

가치=**밸류** (value)

공급업체=**벤더** (vendor)

탑승권=**보딩패스** (boarding pass)

아름다움, 미용=**뷰티** (beauty)

간단 상황보고=**브리핑** (briefing)

입국 허가증=**비자** (visa)

미래상, 목표=**비전** (vision)

봉사, 덤=**서비스** (service)

강연, 학술 모임=**세미나** (seminar)

일정 기간 활동=**세션** (session)

특정 목적의 순환 버스=**셔틀버스** (shuttle bus)

혼자 하는 연주/활동=**솔로** (solo)

해결책=**솔루션** (solution)

일정=**스케줄** (schedule)

기술, 능력=**스킬** (skill)

양식, 멋=**스타일** (style)

기준=**스탠더드** (standard)

단계, 무대=**스테이지** (stage)

경력이나 자격=**스펙** (spec)

범위, 영역=**스펙트럼** (spectrum)

후원자=**스폰서** (sponsor)

상승효과=**시너지** (synergy)

많이 쓰이는 외래어(매회 보완)

이 경 택

가스라이팅(gaslighting)=뛰어난 설득을 통해 타인 마음에 스스로 의심을 불러일으키고 현실감과 판단력을 잃게 만듦으로써 그 사람에게 지배력을 행사하는 것

갈라쇼(gala show)=기념이나 축하하기 위해 여는 공연

갤러리(gallery)=미술품을 진열, 전시하고 판매하는 장소, 또는 골프 경기장에서 경기를 구경하는 사람

갭(gap)=틈, 간격, 공백, 차이, 격차

거버넌스(governance)=민관협력 관리, 통치

걸 크러쉬(girl crush)=여성이 같은 여성의 매력에 빠져 동경하는 현상

그라데이션(gradation)=하나의 색상을 다른 색상으로 점차 변화시키는 효과, 색의 계층

그래피티(graffiti)=길거리 그림, 길거리의 벽에 붓이나 스프레이 페인트를 이용해 그리는 그림

그루밍(grooming)=화장, 털손질, 손톱 손질 등 몸을 치장하는.

글로벌 쏘싱(global sourcing)= 세계적으로 싼 부품을 조합하여 생산단가 절약

내비게이션(navigation)=① (선박, 항공기의)조종, 항해 ② 오늘날(자동차 지도 정보 용어로 쓰임)

노멀 크러쉬(nomal crush)=소박이 행복하다고 느끼는 정서

노블레스 오블리주(noblesse oblige)=지도층 인사들에게 요구되는 도덕적 의무

노스탤지어(nostalgia)=지난 날에 대한 그리움이나 향수

뉴트로(new+retro〉〉 newtro)=새로움과 복고의 합성어로 새롭게 유행하는 복고풍 현상

님비(NIMBY. not in my backyard)현상=지역 이기주의 현상(혐오시설 기피 등)

더치 페이(dutch pay)=비용을 각자 부담하는 것을 이르는 말

더티 플레이(dirty play)=속임수 따위를 부리며 정정당당하지 못한 태도로 행동하는 것

데모 데이(demo day)=시연회 날

데이터베이스(database)=정보 집합체, 컴퓨터에서 신속한 탐색과 검색을 위해 특별히 조직된 정보 집합체, 여러 사람에 의해 공유되어 사용될 목적으로 통합하여 관리되는 자료 집합

데미지(damage)=손상, 피해, 훼손, 악영향, 손상을 주다, 피해를 입히다, 훼손하다

데자뷰(deja vu): 처음 경험 임에도 불구하고 이미 본 적

이 있거나 경험한 적이 있다는 이상한 느낌이나 환상.
프랑스어로 "이미 보았다"는 뜻.

도그매(dogma)=독단적인 신념이나 학설, 이성적 비판이
허용되지 않는 교리, 교조, 교의 등을 통틀어 이르는 말

도어스테핑(doorstepping)=출근길 문답, 호별 방문

도파민(dopamine)= 중추신경계에 존재하는 신경전달물
질의 일종으로 의욕, 행복, 기억, 인지, 운동 조절 등
뇌에 다방면으로 관여함

도플갱어(doppelganger)=자신과 똑같이 생긴 사람이나
동물, 즉 분신이나 복제품

드래곤(dragon)=(신화 속에 나오는) 용

디자인 비엔날레(design biennale)=국제 미술전

디지털치매=디지털 기기에 지나치게 의존하여 기억력이
나 계산력이 크게 떨어진 상태를 일컫는 말

디폴트(default)=채무자가 공사채나 은행 융자, 외채 등의
원리금 상환 만기일에 지불 채무를 이행할 수 없는 상태

딥 페이크(deep fake)=인공지능 기술을 이용해 특정 인
물의 얼굴 등을 특정 영상에 합성한 편집물, 주로 가짜
동영상.

딩크 족(DINK, Double Income No Kids 의 약어)=정
상적인 부부 생활을 영위하면서 의도적으로 자녀를 두
지 않는 맞벌이 부부를 일컫는 말

라이브 커머스(live commerce)=실시간 방송 판매

랜덤(random)=무작위(의), 무계획(적인)/ 보통 어떤 사
  건이 규칙성이 보이지 않고 무작위로 발생한다는 것

랩소디(rhapsody)=광시곡, 자유롭고 관능적인 악곡 형식

레드 오션(red ocean)=붉은 바다. 이미 알려져 있어서
  경쟁이 매우 치열한 특정 산업내의 기존 시장을 비유
  하는 표현

레알(real)=진짜, 또는 정말이라는 뜻.

레트로(retro)=과거의 제도, 유행, 풍습으로 돌아가거나
  따라 하려는 것을 통칭하여 이르는 말

레퍼토리(repertory)=들려줄 수 있는 이야깃거리나 보여
  줄 수 있는 장기, 상연 목록, 연주 곡목

로드맵(roadmap)=방향제시도, 스케줄, 도로지도

로밍(roaming)=계약하지 않은 통신 회사의 통신 서비스
  도 받을 수 있는 것. 국제통화기능(휴대폰 출시)체계

루저(loser)=패자, 모든 면에서 부족하여 어디에 가든 대
  접을 못 받는 사람

리셋(reset)=초기 상태로 되돌리는 일

리얼리티(reality)=현실. 리얼리티 예능에서 쓰이는 경우,
  어떠한 인위적인 각본으로 짜여진 것이 아닌 실제 상
  황이나 인물들을 중심으로 이뤄지는 예능을 말함

리플=리플라이(reply)의 준말. 댓글 · 답변 · 의견

마스터플랜(masterplan)=종합계획, 기본계획

미스터리(mystery)=수수께끼, 신비, 불가사의

마일리지(mileage)=주행거리, 고객은 이용 실적에 따라 점수를 획득하는데 누적된 점수는 화폐의 기능을 한다

마조히스트(masochist)=성적으로 학대를 당하고 쾌감을 느끼는 사람

매니페스터(manifester)= 감정, 태도, 특질을 분명하고 명백하게 하는 사람(것)

매니페스토(manifesto)운동=선거 공약검증운동

머그샷(mugshot)=경찰에 체포된 범인을 식별하기 위해 촬영한 사진

메리트(merit)=장점, 이점, 가치, 자격/가치가 있다

메시지(message)=무엇을 알리기 위해 보내는 말이나 글

메카니즘(mechanism)=기계장치, 기구, 방법, 구조

메타(meta)=더 높은, 초월한 뜻의 그리스어

메타버스(metaverse)=현실세계와 같은 사회·경제·문화 활동이 이뤄지는 3차원 가상세계를 말함

메타포(metaphor)=행동, 개념, 물체 등의 특성과는 다른 무관한 말로 대체하여 간접적, 암시적으로 나타내는 은유법, 비유법으로 직유와 대조되는 암유 표현.

멘붕=멘탈(mental)의 붕괴. 정신과 마음이 무너져 내림

멘탈(mental)=생각이나 판단하는 정신. 또는 정신세계.

멘토(mentor)=현명하고 신뢰할 수 있는 상대이며 스승 혹은 인생 길잡이 역할을 하는 사람

모니터링(monitoring)=감시, 관찰, 방송국, 신문사, 기업 등으로부터 의뢰받은 방송 프로그램, 신문 기사, 제품 등에 대해 의견을 제출하는 일

모라토리움(moratorium)=한 나라 전체나 어느 특정 지역에 긴급 사태가 발생한 경우에 국가 권력의 발동에 의하여 일정 기간 금전 채무의 이행을 연장시키는 일

미러클(miracle)=기적, 기적 같은 일. 경이로운 예

미션(mission)=사명, 임무

바운스(bounce)=튀다, 튀어 오름, 반동력, 탄력 의미

버블(bubble)=거품

베테랑(veteran)=(어떤 분야의) 전문가, 참전 용사, 재향 군인

벤치마킹(benchmarking)=타인의 제품이나 조직의 특징을 비교분석하여 그 장점을 보고 배우는 경영 전략 기법

벤틀리(Bentley)=영국의 최고급 수공 자동차 제조사 혹은 이 회사 만든 차량

보이콧(boycott)=어떤 일을 공동으로 받아들이지 않고 물리치는 일, 불매동맹, 비매동맹

브랜드(brand)=사업자가 자기 상품을 경쟁업체의 것과 구별하기 위하여 사용하는 기호·문자·도형 따위의

일정한 표지

브런치(Breakfast+Lunch)=아침 겸 점심으로 먹는 밥을 속되게 이르는 말. 어울참

블랙 컨슈머(black consumer)=악덕 소비자. 구매한 상품을 문제 삼아 피해를 본 것처럼 꾸며 악의적 민원을 제기하거나 보상을 요구하는 소비자

블루 오션(blue ocean)=푸른 바다. 아직 시도된 적이 없는 광범위하고 깊은 잠재력을 가진 시장 비유 표현

비주얼(visual)='시각적인'이라는 뜻. 한국에서는 사람의 외모를 가리키는 말로도 많이 쓰이는데, 가령 특정 집단에 속한 사람에게 '비주얼 담당'이라 하면 그중에 가장 외모가 뛰어나다는 뜻

사디스트(sadist)=가학성애자. 성적 대상에게 육체적, 정신적 고통을 줌으로써 성적 쾌락을 얻는 사람

사보타주(sabotage)=태업을 벌임. 노동쟁위, 의도적으로 일을 게을리 하여 사주에게 손해를 주는 방법

사이코패스(psychopath)=태어날 때부터 감정을 관장하는 뇌 영역이 처음부터 발달하지 않은 반사회적 성격장애와 품행장애를 가진 사람들을 지칭하는 데 주로 사용

세미(semi)=절반(切半), '어느 정도', '~에 준(準)하는 뜻

세미나 (seminar)=(교육을 위한) 토론회, 연구회

센세이션(sensation)=(자극을 받아서 느끼게 되는) 느낌,

많은 사람을 흥분시키거나 물의를 일으키는 것.

소셜 미디어(social media)=누리 소통 매체, 생각이나 의견을 표현하거나 공유하기 위해 사용하는 개방화된 인터넷상의 내용이나 매체

소셜 커머스(social commerce)=공동 할인구매. 소셜네트워크서비스(SNS)를 이용한 전자 상거래의 일종

소스(source)=원천, 근원, 출처, 정보원

소쓰(sauce)=(요리의) 액체 양념, 자극, 재미

소프트(soft)=부드러운

소프트파워(soft power)=문화적 영향력

솔루션(solution)=해답, 해결책, 해결방안, 용액

쇼핑몰(shopping mall)=여러 가지 물건을 한번에 살 수 있도록 상점이 모여있는 곳

스미싱(smishing)=문자메시지로 낚는다는 의미로 스마트폰으로 개인정보를 빼내서 범죄에 이용하는 것

스펙터클(spectacle)=(굉장한) 구경거리, 광경, 장관

스태그플레이션(stagflation)=경제 불황 속에서 물가상승이 동시에 발생하고 있는 상태

시너지(synergy)=(협동에 따른)상승 작용, 상승력, 협동작용

시놉시스(synopsis)=영화나 드라마의 간단한 줄거리나 개요. 주제, 기획의도, 줄거리, 등장인물, 배경 설명

시뮬레이션(simulation)=영화어떤 장치나 시스템의 동작
　이나 작용을 다른 장치를 이용해서 모의실험으로 알아
　보고 그 특성을 파악하는 것

시스템(system)=필요한 기능을 실현하기 위하여 관련 요
　소를 어떤 법칙에 따라 조합한 집합체.

시즌오프(season off)=철 지난 상품을 싸게 파는 일

시크리트(secret)=비밀

시트콤(sitcom)=시추에이션 코메디(situation comedy)
　약자, 분위기가 가볍고, 웃긴 요소를 극대화한 연속극

시프트(shift)=교대, 전환, 변화

싱글(single)=한 개, 단일, 한 사람

아그레망(Agrement)=(대사·공사 파견에 대한) 주재
　국의 승인

아노미(anomie)=불안·자기 상실감·무력감 등에서 볼 수
　있는 부적응 현상.

아웃쏘싱(outsourcing)=자체의 인력, 설비, 부품 등을
　이용해 비용 절감과 효율성 증대를 목적으로 외부 용
　역이나 부품으로 대체하는 것

아웃렛(outlet)=백화점 등에서 팔고 남은 옷, 구두 등 패
　션 용품을 할인하여 판매하는 장소

아이쇼핑(eye shopping)=눈으로만 사고 싶은 물건들을 봄

아이템(item)=항목, 품목, 종목

아젠다(agenda)=의제, 협의사항, 의사일정

알레고리(allegory)=유사성을 적절히 암시하면서 주제를 나타내는 수사법. 즉 풍자하거나 의인화해서 이야기를 전달하는 표현방법

애드 립(ad lib)=(연극, 영화 등에서) 대본에 없는 대사를 즉흥적으로 만들어내는 것

어택(attack)=공격(하다), 습격(하다), 발병(하다)

어필(appeal)=호소(하다), 항소(하다), 관심을 끌다

언박싱(unboxing)=(상자, 포장물의) 개봉, 개봉기

얼리어답터(early adopter)=남들보다 먼저 신제품을 사서 써 보는 사람

에디터(editor)=편집자

에피소드(episode)=중요하거나 재미있는 사건,(라디오·텔레비전 연속 프로의) 1회 방송분

엑소더스(exodus)=(많은 사람들이 동시에 하는)탈출

엔터테인먼트(entertainment)=대중을 즐겁게 해주는 연예(코미디, 음악, 토크 쇼 등 오락)

오리지널(original)=기원. 모조품 등을 만드는 최초의 작품.

옴부즈(ombuds)=다른 사람의 대리인 (스웨덴어)

옴부즈맨(ombudsman)=정부나 의회에 의해 임명된 관리로, 시민들에 의해 제기된 각종 민원을 수사하고 해결해 주는 사람

워취(watch)=무언가를 주시하는 것, (휴대용) 시계

위즈덤(wisdom)=지혜, 슬기, 지식, 현명함, 타당성

유비쿼터스(ubiquitous)=도처에 있는, 사용자가 컴퓨터
나 네트워크를 의식하지 않고 장소에 상관없이 자유롭
게 네트워크에 접속할 수 있는 환경

이데올로기(ideology)=사람이 인간 ·자연 ·사회에 대해
규정짓는 현실적이면서 동시에 이념적인 의식의 형태

인서트(insert)=끼우다, 삽입하다, 삽입 광고

인센티브(incentive)=장려책, 우대책

젠트리피케이션(gentrification)=둥지 내몰림, 도심 인근
의 낙후지역이 활성화되면서 임대료 상승 등으로 원주
민이 밀려나는 현상

징크스(jinx)=재수 없는 일, 불길한 징조의 사람이나 물건,
으레 그렇게 될 수밖에 없는 악운으로 여겨지는 것.

챌린지(challenge)=도전하다. 도전 잇기, 참여 잇기.

치팅 데이(cheating day)=식단 조절을 하는 동안 정해진
식단을 따르지 않고 자신이 먹고 싶은 음식을 먹는 날

카르텔(cartel)=서로 다른 조직이 공통된 목적을 위해 일
시적으로 연합하는 것, 파벌, 패거리

카오스(chaos)=천지 창조 이전의 혼돈(混沌) 상태

카이로스(Kairos)=기회를 잡을 수 있는 결정적 순간, 평
생 동안 기억되는 개인적 경험의 시간을 뜻

카트리지(cartridge)=탄약통. 바꿔 끼우기 간편한 작은 용기. 프린터기의 잉크통

커넥션(connection)=연결, 연계, 연관, 접속, 관계

컨설팅(consulting)=전문지식을 가진 사람이 상담이나 자문에 응하는 일

컨셉트(concept)=개념

컨텐츠(contents)=(어떤 것의) 속에 든 것들, 내용들, 내용물들, 목차

컬렉션(collection)=수집, 집성, 수집품, 소장품

코스프레(cosplay, costume play)=만화나 애니메이션, 게임에 나오는 캐릭터의 의상을 입고 서로 모여서 노는 놀이이자 하위 예술 장르의 일종

콘서트(concert)=연주회

콘택(contact)=연락, 접촉, 닿음, 연락하다

콘셉(concept)=개념, 관념, 일반적인 생각

콘텐츠(contents)=내용, 내용물, 목차.

콜렉트 콜(collect call)=수신자 부담. 전화를 받는 사람이 전화요금을 지불하는 방법

콜 센터(call center)=안내 전화 상담실

쿠폰(coupon)=상품에 붙어있는 우대권 또는 교환권

퀄리티(quality)=품질, 질, 자질

퀴어(queer)= 기묘한, 괴상한 / 성소수자가 스스로를 나

타내는 말 가운데 하나

크로스(cross)=십자가,(가로질러) 건너다,(서로) 교차하다

키워드(keyword)=핵심어, 주요 단어(뜻을 밝히는데 열쇠가 되는 중요하고 핵심이 되는 말)

테이크아웃(takeout)=음식을 포장해서 판매하는 식당이 아닌 다른 곳에서 먹는 것, 다른 데서 먹을 수 있게 사 가지고 갈 수 있는 음식을 파는 식당

트랜스젠더(transgender)=성전환 수술자

트러블메이커(troublemaker)=말썽꾼, 분쟁 야기자

트릭(trick)=속임수,(골탕을 먹이기 위한) 장난

텐션(tension)=긴장, 긴장 상태, 갈등,팽팽하게 하다

틱(tic)=의도한 것도 아닌데 갑자기, 빠르게, 반복적으로, 비슷한 행동을 하거나 소리를 내는 것

파노라마(panorama)=전경(全景), 특정 주제·사건 등을 한 눈에 보여주는 묘사·연구·그림들

파라다이스(paradise)=걱정이나 근심 없이 행복을 누릴 수 있는 곳

파이터(fighter)=싸움꾼, 전투원, 전투기

파이팅(fighting)=싸움, 전투, 투지, 응원하며 잘 싸우라는 뜻으로 외치는 소리

판타지(fantasy)=공상, 상상, (공상의) 산물

팔로우(follow)=따라가다, 뒤따르다/ 사회연결망서비스

상의 한 사람 또는 계정의 사진 글 등을 계속해서 따르
겠다, 계속 보겠다는 뜻.   유튜브의 '구독' 같은 개념.
블로그에서는 '이웃추가' 또는 친구추가와 같은 말

팔로워(follower)=팔로우를 하는 사람. 추종자, 신봉자,
팬 등의 의미. 어떤 사람의 글을 받아보는 사람

패널(panel)=토론에 참여하여 의견을 말하거나, 방송 프
로그램에 출연해 사회자의 진행을 돕는 역할을 하는
사람 또는 그런 집단.

패러독스(paradox)=역설, 옳은 것으로 보이나 이상한 결
론을 도출하는 주장, 논리적으로 모순을 일으키는 논증.

패러다임(paradigm)=생각, 인식의 틀, 특정 영역·시대의
지배적인 대상 파악 방법 또는 다양한 관념을 서로 연
관시켜 질서 지우는 체계나 구조를 일컫는 개념. 범례

패러디(parody)=특정 작품의 소재나 문체를 흉내 내어
익살스럽게 표현하는 수법 또는 그런 작품. 다른 것을
풍자적으로 모방한 글, 음악, 연극 등

팩트 체크(fact check)=사실 확인

팬덤(fandom)=특정 사람, 팀, 스포츠 등의 팬 들

퍼니(funny)=재미있는, 익살맞은, 우스운, 웃기는

퍼머먼트(permanent make-up)=성형 수술, 반영구 화
장·파마(=펌, perm)

포렌식(forensics)=법의학적인, 범죄과학수사의, 법정 재

판에 관한.

포럼(forum)=공개 토론회, 공공 광장, 대광장,

푸쉬(push)=민다, 힘으로 밀어붙이다. 누르기

프라임(prime)=최상등급. 주된, 주요한, 기본적인

프랜차이즈(franchise)=특정한 상품이나 서비스를 제공하는 주제자가 일정한 자격을 갖춘 사람에게 일정지역에서의 영업권을 줌.

프레임(frame)=틀, 뼈대 구조

프로테스탄트(protestant)=신교 신봉 교도(16세기 종교개혁 결과로 로마 가톨릭교회에서 떨어져 성립된 종교단체)

프리덤(freedom)=자유, 자유로운 상태

피드백(feedback)=되알림, 상대방에게 그의 행동 결과에 대한 정보를 제공해 주는 것

피케팅(picketing)=특정 주장을 다른 사람들에게 알리기 위해 그 해당 내용을 적은 널빤지를 들고 있는 행위

피톤치드(phytoncide)=식물이 병원균·해충·곰팡이에 저항하려고 내뿜거나 분비하는 물질. 심폐 기능을 강화시키며 기관지 천식과 폐결핵 치료, 심장 강화에도 도움이 된다고 알려져 있다.

픽쳐(picture)=그림, 사진, 묘사하다

필리버스터(filibuster)=무제한 토론. 의회 안에서 다수파의 독주를 막기 위해 합법적 수단으로 의사 진행함

하드(hard)=엄격한, 딱딱함, 아이스크림에 반대되는

하드 커버(hard cover)=책 표지가 두꺼운 것(책의 얇은
  표지는 소프트 커버)

헌터(hunter)=사냥꾼

허브(herb)=약초, 향초, 초본(草本)

호모 사피엔스(homo sapiens)=지혜(슬기)가 있는 사람
  이라는 뜻. 사람속(homo)에 속하는 생물 중 현존하는
  종만을 가리키는 것으로, 인류의 진화 단계를 몇 가지
  로 구분하였을 때 가장 진화한 단계임

휴먼니스트(humanist)=인도주의자

해킹(hacking)=다른 사람의 컴퓨터 시스템에 무단으로
  침입하여 데이터와 프로그램을 없애거나 망치는 일

해커(hacker)=해킹(hacking)을 하는 사람

허그(hug)=(사람을) 껴안다,포옹하다,(무엇을) 끌어안
  다, 껴안기, 포옹

힌트(hint)=넌지시 알려주는 것(알려주다)

사촌이 땅을 사면 배가 아프다

속담에 '사촌이 땅을 사면 배가 아프다'라는 변질된 말이 있다.

이 속담은 거의의 사람들이 질투나 시기심에서 '배가 아프다'라고 알고 있는데, 사실인즉 '배라도 아팠으면' 하는 본딧말로 축하한다는 뜻이었다.

이 속담을 바로 쓴다면 '사촌이 땅을 샀으니 배라도 아팠으면 좋겠다'는 말이다. 왜 배라도 아팠으면 좋겠는가? 사촌을 축하하고 뭔가 해주고 싶은데 마땅한 것이 없으니 똥이라도 싸서 그 땅에 뿌려주어 땅을 비옥하게 만들어 주고 싶은 우애를 표현한 말이다.

즉 논이나 밭은 토양이 비옥해야 농작물이 잘 자라는데 화학비료는 농작물에 직접적으로 영양을 주는 것이라 반짝해서 좋기는 하나 과용하면 토질이 산성화되어 종국에는 땅을 못 쓰게 만드는 결함이 있다.

심광일

한국아동문학연구회이사
한국동요음악협회 사무국장, 부회장 역임
전국아버지동화구연대회 대상 (문광부장관 상)
한국아름다운 글 문학상 수상, 한국동요음악대상
(작사부문) 동시집 「그래 나는 바보다,"
장편소설 「아버지의 눈물」

그러나 토질에 최고의 거름은 식물을 썩힌 퇴비나 동물의 배설물(인분포함)이 좋은 천연거름이다. 너나없이 어렵게 살면서 사촌이 땅을 샀으니 기쁜 마음에 축하는 해줘야겠는데, 가진 것이 없어 화학비료도 좋지만, 그마저 쉽지 않고 화학비료는 땅이 산성화 되니 그것보다는 궁여지책으로 생각한 것이 배설물인 인분을 생각한 것이다.

'사촌이 땅을 샀으니 배라도 아팠으면 좋겠다'고 할 만큼 똥이라도 싸서 사촌이 산 그 땅에 비료를 해주고 싶은 심정에서 나온 말을 일제가 이간질로 정치적 사회적으로 우리 국민들의 결속을 막고 분열시키려는 의도에서 악감정을 부추기고 자극하는 이간질로 변질시킨 것이다.

'조선놈들은 사촌이 땅을 사면 시기와 질투심 때문에 배가 아파하는 못된 놈들이다.'라고 오해하게 역전시킴으로써 그 본래 형제간의 우애를 깨뜨리는 말로 변질시켰던 것이다.

어쨌든 개중에는 심성이 못되고 욕심 많은 사촌이 시기와 질투심으로 배를 앓는 사촌도 있었는지 모르나 우리나라 사람은 본시 선한 민족이라 의좋은 형제는 있었어도 그런 악한 인간은 없었다고 생각한다.

송무백열(松茂柏悅)

사자성어에 송무백열이란 말이 있다.

사람도 사촌 간에 깊은 우애로 살지만 소나무와 잣나무도 이웃 사촌 간에 아름다운 품성을 보여준다고 한다. 마치 우리 민족과 같은 나무 같다고 생각된다.

송무백열이란 소나무와 잣나무는 수종이 같은 소나무과에 속한 사촌 간으로 소나무가 무성하게 잘 자라면 옆에 잣나무가 크게 기뻐한다는 말이다.

이 얼마나 아름다운 관계인가. 또 잣나무가 잘 되면 소나무는 얼마나 기뻐하겠는가. 산에 잣나무 숲에 소나무가 무성하게 어울리는 것을 보면 우리의 우정을 생각하지 않을 수 없다.

우리도 소나무와 잣나무처럼 이웃이 잘되면 서로 위로하고 축하하고 박수를 치고 살아요

원숭이도 나무에서 떨어질 날 있다

남들 앞에서 자기 자랑을 지나게 하다가 실수하여 초라하게 되면 그보다 부끄러운 일이 없다. 남보다 잘났다고 함부로 뽐내기를 조심하라는 교훈

그림 GPT

사군자와 오체서예

이병희

書畵家 紹介

南谷 李秉喜(서예가)
* 書畵 개인전 3회
* 서예교실
* 문인화 출강

해서(楷書)

행서(行書)

예서(隷書)

전서(篆書)

금문(金文)

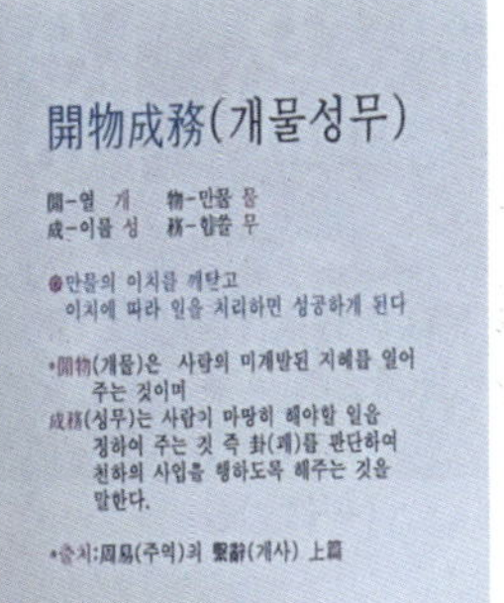

해서(楷書)

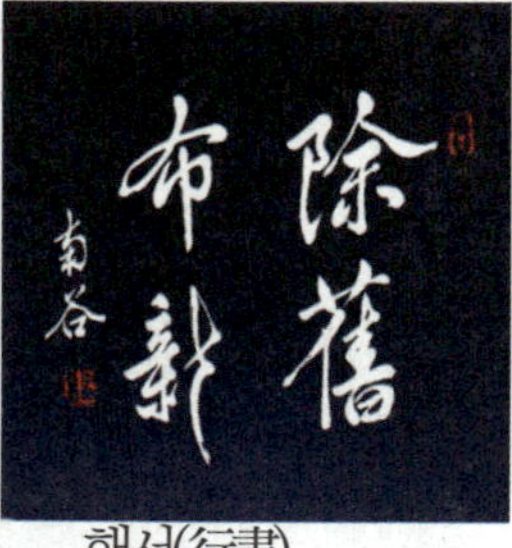

행서(行書)

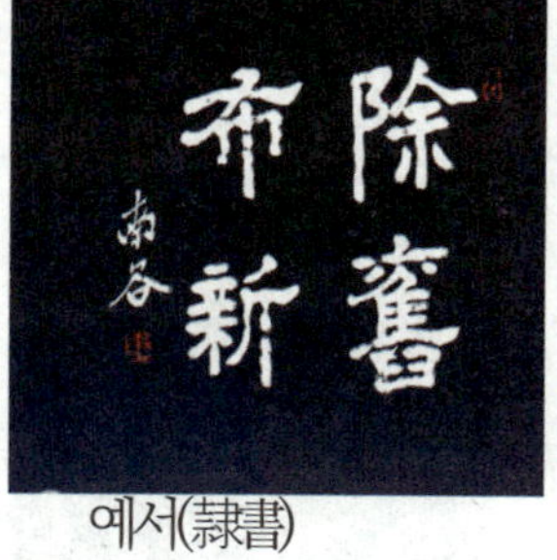

예서(隷書)

전서(篆書)

금문(金文)

除舊布新(제구포신)

除-덜 제 舊-옛 구
布-베 포 新-새 신

•직역:낡은 것을 버리고 새 것을 편친다
•의역:과거의 잘못을 반성하고
　　　새 마음으로 미래를 준비한다.

•관련 어구
　-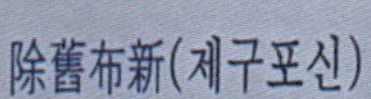革舊從新(혁구종신)
　　옛 것을 고치고 새 것을 따른다.
　-去舊立新(거구입신)
　　낡은 버리고 새로운 것을 세운다.

ㅈ

| 樽俎折衝
준 조 절 충 | 주석에서 온화한 외교로 유리하게 일을 맺음. 　樽俎折冲 |

| 衆寡不敵
중 과 부 적 | 적은 수로써 많은 수를 대적함. 　众寡不敌 |

| 衆口難防
중 구 난 방 | 여러 사람의 말을 이루 막기 어려움. 　众口难防 |

| 中傷謀略
중 상 모 략 | 터무니없는 말로 헐뜯거나 남을 해치려고 속임수를 써서 일을 꾸밈. 　中伤谋略 |

| 中石沒鏃
중 석 몰 촉 | 쏜 화살이 돌에 박힘. 정신을 집중해서 전력을 다하면 어떤 일도 성공할 수 있음. 　中石没镞 |

| 中原逐鹿
중 원 축 록 | 중원[天下]의 사슴[帝位]을 쫓는다. 왕위를 놓고 전권을 다툼. 　中原逐鹿 |

| 衆人環視 | 뭇 사람들이 둘러싸고 봄. |
| 중 인 환 시 | 众人环视 |

| 櫛風沐雨 | 바람으로 머리를 빗고 비로 낯을 씻는다. 객지에서 온갖 풍상을 겪으며 고생함. |
| 즐 풍 목 우 | 栉风沐雨 |

| 至公無私 | 매우 공평하여 개인의 이익이 없음. |
| 지 공 무 사 | 至公无私 |

| 指東指西 | 엉뚱한 것을 가지고 왈가왈부함. |
| 지 동 지 서 | 指东指西 |

| 指鹿爲馬 | 사슴을 말이라고 우김. 위압으로 남을 짓눌러 그릇된 일을 가지고 속여서 남을 궁지에 빠뜨림. |
| 지 록 위 마 | 指鹿为马 |

| 支離滅裂 | 이리저리 흩어져 갈피를 잡을 수 없음. |
| 지 리 멸 렬 | 支离灭裂 |

智謀雄略
지 모 웅 략

슬기로운 계책과 웅대한 계략.
智谋雄略

至誠感天
지 성 감 천

지극한 정성에 하늘이 감동함.
至诚感天

智小謨大
지 소 모 대

꾸며 놓은 일을 행할 능력이 없음.
智小谟大

池魚籠鳥
지 어 롱 조

자유롭지 못함을 이르는 말.
池鱼笼鸟

池魚之殃
지 어 지 앙

뜻밖의 화를 당함.
池鱼之殃

指天射魚
지 천 사 어

하늘에서 고기를 잡겠다고 쏘다. 불가능한 일을 하려고 함.
指天射鱼

咫尺之間
지 척 지 간

매우 가까운 거리.
咫尺之间

| 知彼知己 | 상대를 알고 내 사정을 앎. |
| 지 피 지 기 | 知彼知己 |

| 知行一致 | 앎과 행함이 일치함. |
| 지 행 일 치 | 知行一致 |

| 指呼之間 | 손짓하여 부를 만큼 가까운 사이. |
| 지 호 지 간 | 指呼之间 |

| 直情經行 | 자기 뜻대로 행함. |
| 직 정 경 행 | 直情经行 |

| 盡善盡美 | 착하고 아름답기가 완전함. |
| 진 선 진 미 | 尽善尽美 |

| 秦伯嫁女 | 형식만 갖춘 잘못 간 시집. 외모에 아무리 장식을 해도 내용의 재덕이 없으면 아무 쓸모가 없음. |
| 진 백 가 녀 | 秦伯嫁女 |

| 珍羞盛饌 | 맛있는 음식을 풍성히 차림. |
| 진 수 성 찬 | 珍羞盛馔 |

震天動地 진 천 동 지	하늘이 진동하고 땅이 흔들 릴 만큼 대단한 위엄. 震天动地
進退兩難 진 퇴 양 난	앞으로 나아가기도, 뒤로 물 러나기도 어려움. 进退两难
進退維谷 진 퇴 유 곡	꼼짝할 수 없이 궁지에 빠 짐. 进退维谷
質疑應答 질 의 응 답	의심나는 점을 묻고, 물음에 대답함. 质疑应答
嫉逐排斥 질 축 배 척	시기하고 미워하며 물리침. 嫉逐排斥
疾風勁草 질 풍 경 초	큰 폭풍에도 흔들리지 않는 풀 처럼 매우 어려운 일을 당해도 뜻이 흔들리지 않음. 疾风劲草
執熱不濯 집 열 불 탁	뜨거운 물건을 집어도 물로 씻지 않음. 고생을 하지 않으면 큰일을 할 수 없음. 执热不濯

且問且答 차 문 차 답	한편으로 묻고 한편으로 대답함. 且问且答
此日彼日 차 일 피 일	이 핑계 저 핑계로 기한 날짜를 미룸. 此日彼日
借廳入室 차 청 입 실	대청을 빌려 있다가 차츰 안방으로 들어온다는 뜻. 처음에는 남에게 의지하고 있다가 차차 남의 권리를 침범함의 비유. 借厅入室
借廳借閨 차 청 차 규	마루를 빌리다가 방으로 들어오다. 남에게 의지하다가 그 권리를 침범함. 借厅借闺
鑿飲耕食 착 음 경 식	우물을 파서 마시며 밭을 갈아먹고 산다. 천하가 태평하고 생활이 안락함. 凿饮耕食

贊反兩論 찬 반 양 론	찬성과 반대의 두 이론. 赞反两论
滄桑之變 창 상 지 변	뽕나무밭이 가라앉아 호수가 된 물에 빠지듯 큰 변화가 있음. 沧桑之变
滄海一粟 창 해 일 속	큰 바다에 좁쌀 한 톨. 광대한 것 속의 극히 작은 것(인간)을 비유 沧海一粟
天高馬肥 천 고 마 비	하늘이 높고 말이 살찐다는 뜻으로 가을철을 일컬음. 天高马肥
千慮一失 천 려 일 실	천 번 생각에도 한 번 실수가 있음. 千虑一失
天方地軸 천 방 지 축	매우 급해서 허둥거림. 어리석은 사람이 갈 바를 몰라 갈팡질팡함. 天方地轴

중국간자 (5)

수	输	輸=나를 수	输送/运输/输入
	寿	壽=목숨 수	献寿/长寿/万寿
	树	樹=나무 수	植树/树种/树林
	帅	帥=장수 수	将帅/统帅
	谁	誰=누구 수	谁何
	兽	獸=짐승 수	猛兽/禽兽/野兽
숙	肃	肅=엄숙 숙	肃然/严肃/静肃
술	术	術=꾀 술	施术/技术/术策
	述	述=지을 술	陈述/论述/敍述
승	胜	勝=이길 승	胜利/完胜/胜败
	绳	繩=줄 승	自绳自缚
식	识	識=알 식	知识/面识/识字
슬	虱	蝨=이 슬	
습	习	習=익힐 습	学习/习惯/练习
	湿	濕=축축할 습	湿气/湿度/温湿
	袭	襲=엄습할 습	袭击/被袭/夜袭
아	亚	亞=버금 아	亚细亚
	儿	兒=아이 아	儿童/弃儿/男儿
	饿	餓=주릴 아	饿死/饥饿/饿鬼
악	恶	惡=악할 악	恶党/恶魔/恶毒
	垩	堊=백토 악	白垩
애	爱	愛=사랑 애	爱情/爱慕/殉爱
알	阏	閼=가로막을 알	
	轧	軋=삐걱거릴 알	轧轹
	谒	謁=아뢸 알	谒见/拜谒
압	压	壓=누를 압	抑压/镇压/压力

석	释	釋=풀 석	解释/释迦
선	线	線=줄 선	电线/外线/线上
	选	選=가릴 선	选择/选别/选举
설	设	設=베풀 설	设备/设定/设置
섬	纤	纖=가늘 섬	纤维/纤细/纤柔
	闪	閃=번쩍 섬	闪光/化纤
	赡	贍=넉넉 섬	华赡
섭	摄	攝=당길 섭	摄取/摄生
성	圣	聖=성스러울 성	圣经/圣诞/圣灵
	声	聲=소리 성	音声/叹声/和声
	诚	誠=정성 성	精诚/诚意/诚心
세	势	勢=시세 세	势力/权势/姿势
	岁	歲=해 세	岁月/岁拜/岁暮
	赁	貰=세낼 세	赁房/专赁/赁贷赁
소	苏	蘇=차조기 소	苏联/耶苏
	扫	掃=쓸 소	清扫/扫除/扫灭
속	属	屬=엮을 속	所属/族属/系属
	续	續=이을 속	継续/连续/航续
	赎	贖=바칠 속	救赎 /赎罪
	谡	謖=일어날 속	泣斩马谡
손	孙	孫=손자 손	子孙/曾孙/玄孙
	损	損=덜 손	损害/损失/毁损
	逊	遜=겸손 손	谦逊/逊辞
	荪	蓀=향풀 이름 손	
송	讼	訟=송사 송	诉讼/讼事/就讼
	诵	誦=욀 송	暗诵

울타리 보급 후원 멤버

강갑수	남창희	안승국	전형진	권명순	50,000
권종태	남춘길	안승준	전홍구	김명배	100,000
권명순	맹숙영	오연수	정경혜	김복선	30,000
김광일	민은기	오장균	정기영	김순희	100,000
김대열	박경자	유성식	정두모	김어영	30,000
김명배	박영애	유영자	정석현	김영배	40,000
김무숙	박영률	윤주홍	정연웅	김영백	50,000
김복선	박주연	이계자	정태광	김예희	30,000
김복희	박찬숙	이동원	조성호	LA김은주	30,000
김상빈	박 하	이병희	주현주	남춘길	100,000
김상진	방병석	이상귀	진명숙	남창희	30,000
김연수	배상현	이상인	최강일	방병석	100,000
김성수	배정향	이상진	최신재	배정향	100,000
김소엽	백근기	이석문	최연숙	신외숙	50,000
김순덕	서경범	이선규	최용학	심광일	1,000,000
김순찬	성용애	이소연	최원현	심만기	50,000
김순희	손경영	이용덕	최의상	심용기	50,000
김승래	신건자	이은석	최창근	안승국	30,000
김어영	신영옥	이주형	표만석	오장균	100,000
김예희	신외숙	이용남	한명희	유성식	50,000
김영배	신인호	이진호	한평화	유영자	100,000
김영백	심광일	이채원	허윤정	윤주홍	100,000
김은주	심만기	이택주	홍종문	이계자	40,000
김예희	심용기	임성길		이용남	30,000
김정원	심은실	임준택		정태광	50,000
김홍성		임충빈		최강일	50,000
				최연숙	100,000
				한평화	20,000
				홍문종	50,000
				심현남	30,000